佐平次落とし

三人佐平次捕物帳

小杉健治

時代小説文庫

角川春樹事務所

目次

第一章　駆け落ち

一

梅雨《つゆ》の晴れ間も長続きしなかった。蒼天がにわかに暗くなり、馬喰町《ばくろちょう》の初音の馬場までやって来たときに、稲妻が光り、雷鳴が轟《とどろ》いた。

馬のいななきが聞こえた。雷鳴に驚いたのだろう。怒鳴り声は調練している侍か。いけねえ、降ってきやがったと、三太《さんた》は先を急いだ。

通りを行き交うひとの動きもあわただしい。軒先の荷をあわてて仕舞っている商家も見受けられた。

三太は裾《すそ》をつまんで走った。

足がときたまもつれ、転びそうになった。もう、何度もだ。無理もない。三太は本郷の団子坂から走り詰めだった。

ぜえぜえと肩で息をし、目が霞《かす》んでいたが、三太は走った。

人形町通りに入った。そば屋、荒物《あらもの》屋、八百屋、下駄屋、豆腐屋、絵草子《えぞうし》屋などが並んで、いつもは賑《にぎ》やかな通りも急に降り出した雨にひとが散り、閑散としていた。

三太はようやく佐平次《さへいじ》親分の家に辿《たど》りついた。

格子戸を開けて叫んだつもりだったが声にならず、三太は上がり框《がまち》に伏せって倒れた。

物音に驚いて、おうめ婆さんが飛び出してきた。

「まあ、三太さん。どうしたのさ」

おうめ婆さんは近所に独り暮らしをしている通いのお手伝いで、朝夕の飯を作り、洗濯、掃除をしている。

「親分は？」

三太はやっと声を出した。

「まだ、だよ」

「まだ？」

三太は今になって気づいた。まだ夕暮れには早いのだ。

とうとう半三郎《はんざぶろう》といせのふたりを見つけた。そのことを、一刻も早く佐平次親分に知らせたくて、夢中で走って来てみれば、親分はまだ帰っていない。

どっと疲れが出て、目眩《めまい》がした。

「あらあら、こんな濡《ぬ》れ鼠《ねずみ》になって」

おうめ婆さんが手拭《てぬぐ》いと濯《すす》ぎの水を持って来てくれた。

「いい。親分を探しに行く」

三太は荒い呼吸で言ったが、体が言うことをきかない。

「親分」

「まあまあ、もうじき帰って来ますよ。さあ、体を拭《ふ》いて」

三太の意気込みを軽くいなして、婆さんが三太の濡れた顔を拭いてくれた。

「いい、自分でやる」

怒ったように婆さんから手拭いを奪い、三太は乱暴に頭から拭きはじめた。

三太は十九歳。祖父の助三《すけぞう》と亀井町の雨漏り長屋で暮らしている。助三はかつては名うての掏摸《すり》だった男で、その血を引いた三太の腕前も相当なものだった。

十六歳ではじめて三社祭の人ごみで掏摸を働いてから、何度も仕事をしてきた。一度も気づかれたことはなく、怪しまれたことさえなかった。

自分の指先が生き物のように勝手に動くのだ。そんな三太に、助三はもう掏摸をするなと何度も諫《いさ》めた。だが、それでも三太は掏摸盗《すりと》ったときの快感が忘れられなかった。

だが、ついに三太に運の尽きるときが来た。佐平次に掏摸の現場を見つかってしまったのだ。

観念した三太に、佐平次は二度と掏摸をするなと諫め、見逃してくれた。

今をときめく、佐平次親分に捕まったことが、三太には運命的なものに感じられた。佐平次の子分になる。三太はそう心に決めたのだ。

足を濯ぎ終えてから、三太は部屋に上がった。

小さな庭の紫陽花《あじさい》に容赦なく打ち続ける雨をしゃがんで見つめた。

三太は眉《まゆ》が濃くて目も大きい。細面《ほそおもて》でどこかひとのよさそうな顔をしている。

「三太さん。最近、どこをほっつき歩いているんだね」

夕飯の支度をしながら、おうめ婆さんがきいた。

いい匂《にお》いだ。急に空腹を覚えた。そういえば、昼飯を食べていなかったのだ。

きょうは巣鴨《すがも》から日暮里《にっぽり》に出て、谷中《やなか》に向かった。そして、三崎町にやって来たときに、それはまったくの偶然だった。ふいに目の前を、半三郎に似た男が歩いていたのだ。

町人の恰好《かっこう》だったが、細身で、右足を引きずって歩くところも、聞いていた半三郎の特徴に似ていた。ためしに、あとをつけた。

男は団子坂を上り、途中にあった酒屋の角を曲がった。その路地を入って行くと、竹林が出てきて、そこにある一軒家に入って行った。

連子《れんじ》窓から覗《のぞ》くと、きりりとして、いかにも武士の妻女らしい女がいた。

酒屋まで戻り、酒屋の亭主に男のことをきいてみた。ひと月ほど前から住んでいるという。女はほとんど家に閉じ籠《こ》もり切りで、男のほうがときたま外に出て行くという。

旗本富坂惣右衛門《とみさかそうえもん》の妻女いせが若党の半三郎と駆け落ちしたのがひと月ほど前。あの家にいるのはふたりに間違いない。

それで一目散に走り帰って来たのだ。佐平次の子分になって、早く手柄を立てたいという思いが、三太をがむしゃらにさせたのだ。

「三太さん、聞こえたのかえ」

婆さんの声に、三太ははっと我に返った。

「ああ、聞こえているよ。ともかく腹が減った」

「待ってな。もう、親分が帰って来る頃だからさ」

台所から、婆さんが言う。

「わかっているって」

「そうそう、おじいさんの容体はどうなんだね」

「じいちゃんはだいぶ弱っちまった」

三太は沈んだ声で言い、そこに横たわった。

祖父の助三は病床にいる。三太が佐平次親分の下で働くことになったのを、たいそう喜んでいた。もう、いつ死んでもいいとさえ言い出す始末だった。

助三が三太を連れて亀井町に移ったのは、そこが小伝馬《こでんま》町に近いからだ。小伝馬町には牢獄《ろうごく》がある。引廻《ひきまわ》しがあれば、いやでも目にする機会が多い。助三は三太に引廻しを見せようとしたのだ。

人殺しや盗人だけでなく、掏摸とて引廻しの上に獄門になることさえある。そういう悪事を重ねた人間の末路を見せることで、掏摸をやめさせようとしたのだ。

じいちゃん、もう俺は掏摸から足を洗ったぜ。口の中でぶつぶつ言いながら、三太はついうとうとした。

部屋の中が暗くなり、おうめ婆さんが行灯《あんどん》に火を入れたのを覚えている。雨がまだ降っていた。

ふと目を開けたとき、ひとの話し声が聞こえた。

完全に目覚めていない意識の下で、その声を聞いている。聞き覚えのある声だ。夢でも見ているのか。

徐々に、意識が蘇《よみがえ》ってきた。

目を大きく見開いたとき、巨漢の背中が見えた。

あっと、三太は飛び起きた。

「親分」

長火鉢の前に、佐平次が座っていた。

眉が秀《ひい》で、濡れたような瞳。鼻筋が通り、きりりとした顔立ち。憂いを帯びた表情は、男の三太でも惚《ほ》れ惚れとする。歌舞伎役者にもこれほどの男はいない。その上、頭がよく、腕が立つのだ。

これほど完璧《かんぺき》な男がこの世の中に存在することは奇蹟《きせき》としかいいようがない。

「三太。よく寝ていたぜ」

次助《じすけ》が巨体を揺すって笑った。

鬼坊主のような大男で、ばか力の持主だ。が、見掛けの風貌《ふうぼう》と違い、純粋な心の持主で、口は乱暴でも根はやさしい。

「すいません」

三太は目をこすりながら低頭した。

「いいから、飯を食え」

佐平次が言う。

「あれ、親分たちは？」

三太は平助《へいすけ》と次助にも顔を向けた。

「済んだ。おめえだけだ」

ひぇえと、三太は大仰《おおぎよう》に悲鳴を上げた。

「じゃあ、あっしはずっと眠っちまっていたんでぇ」

三太は小さくなった。そういえば、おうめ婆さんの姿が見えない。もう引き上げたようだ。

「ずっと走って来たらしいな」

佐平次がいたわるような声できいた。

それで、三太は大事なことを思い出した。

「親分」

膝《ひざ》を進め、三太はまくしたてるように報告した。

「半三郎を見つけやした。町人の恰好をしておりやしたが、足を引きずって歩いているところといい、半三郎に間違いありやせん。それに武家の妻女らしい女といっしょでした」

「どこだ？」

「へい。千駄木《せんだぎ》の団子坂の途中にある酒屋の路地を奥に向かった竹林の傍《そば》の一軒家です」

「よくやった。三太、てえしたものだ」

「へい」

佐平次に褒《ほ》められ、三太は照れながらもうれしかった。早く、三太を子分にしてよかったと言われるようになりたいと思っていただけに、三太は喜びが込み上げてきた。わあっと、雄叫《おたけ》びを上げたくなった。

「ところで、三太」

平助が冷めた声で、表情のない顔を向けた。濃い眉の下に鋭い眼光の目。削《そ》ぎ落としたように抉《えぐ》れた頰《ほお》。凄味《すごみ》のある顔だ。

「へい」

三太は緊張して平助の言葉を待った。

「どうやって、半三郎といせだと確かめたんだ」

「家の中を覗いたら、武家の妻女らしい女がいたんです。それで、酒屋の亭主に訊《たず》ねたら、ふたりはひと月ほど前から住んでいると……」

「そうか」

平助は何の感情も見せずに言う。

「平助兄い。何か、いけなかったか」

三太は不安になった。

「妙な男が来たと、酒屋の亭主がそのふたりに知らせなければいいんだが」

「知らせる？」

あっと、三太は悲鳴を上げた。

「まさか」

三太は立ち上がった。

「三太、どうした？」

「団子坂に行って来やす」

「こんな時間だ。雨も降っている。明日でいい」

平助が止めた。

「そうだ。三太、明日の朝で十分だ。酒屋の亭主がこんな雨の中をわざわざ知らせに行くとは思えねえ。万が一、知らせたとしても、この雨の中を女を連れて遠くまで行けるはずはない」

佐平次がなだめるように言う。

「さあ、飯を食えよ」

次助が三太の肩を叩《たた》いた。

「すまねえ」

三太は鼻をくすんと言わせた。

三太は自己嫌悪に陥った。

つい、半三郎らしき男を見つけたことに有頂天になって、不用意に酒屋に聞き込みをかけたが、そのことが半三郎の耳に入るかもしれないなどと、まったく考えもしなかった。

そのことに忸怩《じくじ》たる思いがし、飯の味もわからなかった。もう少し慎重に考えればよかったのだと、三太はしばしば箸《はし》の動きを止めて、大きくため息をついた。

「どうした、三太。さっきのことを気にしているのか」

次助が心配そうに声をかけた。

「半三郎のことはだいじょうぶだ」

苦笑して、平助が言う。

「ありがとうございます」

三太は殊勝に頭を下げ、味のわからないまま、飯を食い終えた。

「もういいのか」

次助が眉を寄せた。

「へえ、もういっぱいで」

三太はお碗《わん》を片づけてから、

「じゃあ、親分。あっしはこれで」

と、辞去の挨拶《あいさつ》をした。

「三太。今夜は泊まって行け。これから帰るのはたいへんだ」

次助が引き止めた。

「でも、じいちゃんが待っているから」

来たときの勢いを失って、三太は佐平次親分の家を出た。

雨はまだ降っている。人形町通りはどこも店の戸は閉まり、人影もない。その寂しく、ぬかるんだ道を、三太は借りた唐傘《からかさ》を差して先を急いだ。

大門通りに入り、亀井町に向かった。雨の中にぼんやり浮かんでいるのは居酒屋の提灯《ちょうちん》と自身番の明かりだ。

胸に何かが張りついているようで落ち着かなかった。亀井町に入り、雨漏り長屋に近づいたが、足がふと止まった。このまま帰るにはためらいがあった。

まだ、五つ（八時）を過ぎたばかりだ。町木戸が閉まるまで、一刻（二時間）近くある。

よし、意を決し、三太は雨の中を団子坂に向かって直走《ひたはし》った。

二

翌朝。雨は上がったが、どんよりとした梅雨空だった。

「三太の奴、遅いな」

朝飯の手を休め、佐助《さすけ》は呟《つぶや》いた。いつもはとっくに来ている時刻を過ぎても、三太はやって来なかった。

「どうしたんだろう」

次助も心配顔になって、

「じいさんの具合でも悪くなったんじゃないだろうか」

「いや。まさか、団子坂に……」

佐助は立ち上がって濡れ縁に出た。

空には雨雲がまだ居すわっている。

ゆうべ、三太はすっかり元気をなくして引き上げて行った。無理もない。団子坂から夢中で走って来たのも、一刻も早く、佐平次に知らせ、褒めてもらいたかったからに違いない。だが、ちょっとした抜かりがあったことを平助に指摘されて、しゅんとなってしまった。

早く、佐平次親分の役に立ちたいという思いが強く、三太は必要以上に張り切っていたのだ。

旗本富坂惣右衛門の用人榊原勘兵衛《さかきばらかんべえ》が、この家に訪ねて来たのは二十日ほど前のことだった。

富坂惣右衛門は勘定組頭を務めていたことのある四百石取りの旗本である。今は小普請《こぶしん》組らしい。

「ここだけの話としていただきたい」

年配の用人は艶《つや》のある顔を深刻そうにして切り出した。

「まことに恥ずかしいことであるが、奥方さまが若党の沖野《おきの》半三郎と駆け落ちしてしまったのだ」

「駆け落ち？」

「どうか、このふたりを内密に探し出していただきたいのだ」

「なぜ、うちの親分に？」

平助が脇から訊ねた。

「佐平次の評判は聞いておる。最も信頼のおける岡っ引きということだ」

買いかぶりもいいところだが、佐助は鷹揚《おうよう》に構えた。

「わかりやした。探し出せるかどうかわかりやせんが、調べてみましょう。で、半三郎と奥方の特徴は？」

半三郎は二十八歳。細身の男で、色白。子どもの頃の怪我《けが》がもとで、右足を引きずって歩く。奥方はいせと言い、二十三歳。細面で、きりりとした顔立ちだという。

佐助は詳しい事情はきかなかった。だが、ことは不義密通である。確かめておかねばならないことがあった。

「ふたりを見つけたら、お手打ちになさるおつもりか」

「いや。殿は奥方のことを諦《あきら》めております」

勘兵衛は困惑ぎみに答えた。

「では、どうなさるおつもりで？」

「家事不取締りの汚名を着るより、奥方さまを離縁し、半三郎を追放したほうがよいとのお考えだ」

「すると、見つけたら、居場所をお知らせすればよろしいのですね」

「いや。出来たら、取り押さえていただきたい」

「なぜ、ですか。逃げられてしまうかもしれないからですか」

「じつは」

勘兵衛は言い澱《よど》んでから、半三郎は奥方といっしょに御家《おいえ》の大事な品物を持ち出したのだと言った。

それは何ですか。大事なものだ。勘兵衛はそう言っただけで、具体的に言おうとしなかった。

「その品物だけは取り返さなければならぬ。それさえ、返してくれれば、殿はふたりをこのまま見逃すつもりなのだ」

「そのことに間違いないのですね」

「間違いない」

勘兵衛はきっぱりと言った。

「わかりやした。ともかく、ふたりを探してみますが、江戸を離れた可能性はないのですかえ」

「それはないと思う。半三郎がもともと江戸の人間であるし、どこに行く当てもないはずだ」

「そうですか」

「では、頼んだ。これは少ないが」

そう言って、勘兵衛は懐紙に包んだものを出した。二、三両の厚さだ。

「なんですね、これは？」

「謝礼だ」

「とんでもありやせん。お返ししやす」

畳に置かれた懐紙の包を、佐助は押し返した。

「何、受け取れぬと申すのか」

勘兵衛は気色《けしき》ばんだ。

そのとき、再び平助が口をはさんだ。

「失礼ですが、さきほど御用人さまはうちの親分の評判を聞いてやって来たと仰《おっしゃ》いましたね」

「うむ」

「でしたら、うちの親分がどなたからも、謝礼などもらわないということもお耳に入っているのではございませんか」

相手に反論を許さぬように、平助は静かだが、断固とした態度で言った。

佐助は戸惑った。じつは、佐助はいったんは断り、そのあとで金を受け取るつもりだったのだ。

佐平次の評判を裏切らず、金を受け取る。そう計算していたので、平助の口出しに困惑したのだ。

「佐平次親分は金でころころ変わるような親分ではありませぬ。どうぞ、そこんところをわかってやってください」

「なるほど。佐平次は世間の評判通りの男だ」

勘兵衛は感心したように言い、

「事がうまく片づいたときに、改めて礼をいたそう」

と、懐紙の包を手にとり、懐《ふところ》に仕舞った。

佐助はうらめしそうに見ていた。あの金があれば、もう少し暮らしが楽になるのに。なにしろ、旦那《だんな》の井原伊十郎《いはらいじゆうろう》からの手当ては少ないのだ。

勘兵衛が引き上げてから、

「平助兄い。もらっておけばよかったじゃないか。相手が町人ならともかく、侍なんだから」

佐助は口惜《くや》しそうに言ったが、平助は口許《くちもと》に冷笑を浮かべた。

「あの用人がほんとうのことを言っているかわからねえ。それなのに金をもらっちまえば、あの用人の肩を持たざるを得なくなる。ちゃんとふたりを見逃すかどうかも、見届けねえとな」

なるほど、平助兄いはそこまで考えていたのかと、佐助は感心した。

が、黙って聞いていた次助が、はじめて口を出した。

「兄い。この駆け落ちに何か裏でもあるって言うのか」

「わからねえ。だが、旗本の用人がわざわざ岡っ引きの家までやって来たってのが気になる」

何が気になるのか、佐助にはさっぱりわからなかった。平助は必要以上に用心深くなっているようだった。

「おかしいな」

次助が落ち着かなげに言う。

三太が子分になって、もっとも喜んでいるのが、この次助だった。

佐助は当初、三太を子分にすることに反対だった。というのも、佐平次親分には秘密があるからだ。

その秘密を知っているのは北町定町廻《じょうまちまわ》り同心の井原伊十郎と元岡っ引きの茂助《もすけ》だけである。いや、このふたりが平助、次助、佐助の三兄弟を佐平次親分に仕立てたのだ。

ならず者上がりが多いだけに、岡っ引きの世間の評判は芳《かんば》しいものではなかった。堅気《かたぎ》の衆の弱みを握ってのゆすり、たかりは当たり前。

そんな悪い評判が立つと、またぞろ岡っ引き禁止令が出され兼ねない。それを危惧《きぐ》した井原伊十郎が窮余の一策として考え出したのが佐平次の登場であった。

岡っ引きの評判を高めるために、理想の岡っ引きを創り出したのだ。

義侠心《ぎきょうしん》に富み、正義感が強く、清廉潔白。強きをくじき、弱きを助ける。おまけに、世にまれな美貌の持主で、腕も立てば頭脳もずば抜けている。そんな佐平次を、佐助と平助、次助の三兄弟で演じているのである。

佐助には腕力も、頭脳もない。あるのは美貌だけ。一方、人相の悪い平助だが、その頭脳はずば抜けている。次助は怪力の持主だ。三人でちょうど一人前の佐平次なのだ。

三太がこの家に入り込むと、佐助は実は情けない男だということがわかってしまう危険性があった。だから、子分をとらないようにしていたのだ。

だが、次助が三太を気に入ってしまったのだ。

なにしろ、次助は末弟の佐助を人前では親分と奉らなければならない。伊十郎は、三人だけのときも佐平次と子分の関係を崩すなと命令する。そのことに、次助は寂しい思いを持っていたようだ。

そんなことも、三太が来てくれたおかげで少しは解消されたようだ。

「やっぱし、何かあったとしか思えねえ」

次助は立ち上がって、

「ちょっと、様子を見て来る」

「よし。三人で行こう」

佐助も立ち上がって言った。

眼光鋭い平助と巨漢の次助のふたりを従え、さっそうと町を行く白地の小紋に青い羽織姿の佐助は道行くひとの目を惹《ひ》いた。

　佐平次こと佐助が歩くと、そこはまるで舞台の花道であるかのような華やかさに包まれる。

　佐平次親分の威厳を保ちながらも、佐助は女たちに愛敬を振りまくことも忘れていない。そのたびに、若い女たちから黄色い声が上がった。

　小伝馬町を抜けて、指呼の間にある亀井町にやって来た。

　雨漏り長屋には一度来たことがある。三太の祖父助三が挨拶をしたいと言うので、佐助が出向いたのだ。

　ほんとうはこっちが挨拶に行かなければなりませんのにと、助三は恐縮していたが、もう助三は外を歩ける状態ではなかった。

　骨と皮になり、はだけた胸元に肋骨《ろっこつ》が浮き上がっていた。だが、微《かす》かに光を帯びたつり上がった目に、大物掏摸として名を轟かせた面影があった。

　そのときのことを思い出しながら、佐助は雨漏り長屋の路地を入った。

　三太の家の腰高障子を開けて、声をかける。奥の暗がりからごそごそという音が聞こえた。

　土間に入って行くと、横になった助三がこちらを見ているのがわかった。

「じいさん、どうだえ」

　佐助は声をかけた。

あわてて、助三が起き上がろうとした。

「あっ、佐平次親分」

「そのまま、そのまま」

佐助はやさしく言い、

「ところで、三太なんだが」

と、様子を窺《うかが》うようにきいた。

「三太はゆうべから帰っちゃいません。何かあったのかと心配していたところです」

佐助は驚いたが、顔には出さず、

「じつは、そのことだが、三太にはある仕事を頼んでいるのだ。ゆうべ、帰って来なかったのもそのためだ。そのことを、あっしがじいさんに伝えに来たってわけだ」

「そうですかえ。それならよかった。三太は親分のお役に立っているんでしょうか」

「ずいぶん助かっているぜ。三太を子分にしてよかったと喜んでいる」

「ありがてえ。親分、この通りだ」

横になったまま、助三は頭を下げる仕種《しぐさ》をした。

「そういうわけだから、心配しないでくんな。ところで、三太のいない間の飯の支度などはだいじょうぶなのか」

「へい。隣のおかみさんが何かと世話をしてくれております」

「そうか。じゃあ、あっしからも礼を言っておこう」

　そう言い、佐助は土間を出た。

　それから、隣に寄り、気のよさそうなかみさんに助三のことを頼み、佐助たちは長屋木戸を出た。

「三太の奴。ゆうべ、あれから団子坂に行ったに違いねえ」

　平助が顔をしかめ、

「これから、団子坂に行ってみよう」

　いつ雨が降り出してもおかしくないほど厚い雲が頭上を覆っていた。

　ぬかるんだ道、水たまりがあちこちに出来ている。佐助たちは筋違《すじかい》橋を渡り、御成《おな》り道に入り、賑やかな下谷《したや》広小路を抜けて、上野山下から不忍池《しのばずち》畔《はん》を通って、ようやく千駄木の団子坂にやって来た。

　坂を上りながら、酒屋を探した。ふたりが住んでいたのは、酒屋の脇の路地を入って行った所だと聞いていた。

「あそこだ」

　平助が小さな酒屋を指さした。

　戸口に立ち、佐助は奥に向かって呼びかけた。

　すぐに亭主らしい男が出て来た。

「あっしは長谷川町の佐平次だ」

「へい。お噂《うわさ》はかねがね」

亭主は眩《まぶ》しそうに佐助を見返した。

「きのう、あっしのところの若い者がこちらに顔を出したと思うが」

佐助が切り出すと、亭主は目を丸くして、

「えっ、ではきのうの若いのは佐平次親分のとこのひとで」

「そうだ」

「そいつはお見逸《みそ》れしやした」

「この路地の奥に住む二十八ぐらいの男と武家の妻女ふうの女のことをきいたと思うが」

「はい。確かに」

「そのことを、ふたりに告げたのかえ」

「いえ。それが……」

急に、亭主が落ち着きをなくした。

「どうしたえ」

「はい。それが、その」

亭主は言い澱んでから、

「今朝、半助《はんすけ》さん……いえ、その男のひとですが、半助さんのところに行ったら、ふたりの姿はなかったのです」

「なに、ない？」

「はい。あとから思えば、ゆうべ遅く、路地にひと声がしました。雨の音にかき消されて、内容まではわかりませんが、怒鳴っているようにも思えました」

「怒鳴り声だと」

　佐助は急に心がざわついた。

「ひと声というと、何人かいたんですね」

　平助が口をはさんだ。

　凄味のある平助の顔に尻込みをして、

「はい、そんな感じでした。出て行ってみようかと思いましたが、なにしろ雨が降っていましたし、それに、すぐ静かになりましたから」

　と必要がないのに、言い訳をするように答えた。

「最近、不審な男がうろついているようなことはなかったかえ」

「そう言えば、煙草《タバコ》売りが何度か路地を入って行くのを見かけたことがあります」

「それは最近か」

「はい。五日ほど前ぐらいから」

　礼を言い、佐助は酒屋を出て、脇の路地を奥に向かった。

　竹林の中に、一軒家があった。

　平助が戸口に立ち、中の様子を窺ってから戸を叩いた。返事がない。

　戸を開けてみると、明かりが土間に射し込んだ。平助に続いて、佐助も土間に足を踏み入れた。

左手に竈《かまど》がある。上がり框の向こうの障子が半開きになっていた。

「三太」

つい、佐助は呼んだ。

しかし、返事はない。

ぬかるみを歩いて来たので足は泥だらけだった。この足で、部屋に上がるわけにもいかない。

次助が瓶《かめ》から濯ぎの水をたらいに入れて持って来た。

足を洗ってから部屋に上がった。

部屋は二間の台所。家財道具はほとんどなく、殺風景な部屋だ。色の剝《は》げた煙草盆が隅にあった。

ここで、半三郎といせのふたりはひと月ほど過ごしたのだ。もちろん、ここで長く暮らすつもりはなかったであろう。しかし、なぜ江戸を離れず、この地に留《とど》まっていたのか。駆け落ちだったら、もっと遠くに逃げるのではないか。だが、ふたりはひと月もここにいた。それはなぜなのか。

そのことを言うと、

「大事なものを持って逃げたと、用人が言っていた。そのことに関係しているのかもしれねえ」

と、平助が部屋の中を見回しながら答えた。

なるほど、大事なものか、と佐助は呟く。

部屋の中には、手掛かりになりそうなものは何も残っていなかった。

「三太に気づいて逃げて行ったというわけではなさそうだ」

奥から次助が戻って来て言う。

「何かあったんだ」

「何があったんでぇ」

佐助はちょっと身震いをした。

「いってぇ、三太はどうしたって言うんだ」

次助が怒ったように言ったのは、三太のことが心配でしかたがないからだ。

「夜中に聞こえたという怒鳴り声……」

平助が眉根を寄せ、珍しく深刻そうな顔をした。

「ともかく、大家にきいてみよう」

平助に続いて、佐助も外に出た。

さっきの酒屋で大家の家をきいて、そこに向かった。

大家の家は仕舞屋《しもたや》だった。佐助はその引き戸を開けて、中に呼びかけた。

羽織姿で、恰幅《かっぷく》のよい男が出て来た。今月が月番で、これから自身番に詰めるところだと言う。

「あの一軒家のお方ですか」

大家は少し困惑したように眉を寄せた。

「ふた月ほど前に、半助さんがやって来られ、しばらくの間、家を借りたいと前金を差し出したのです」

半三郎はここでは半助と名乗っていたのだ。

「半助は、あの家が空き家なのを知っていたのか」

「はい。それから、ひと月ほどして、半助さんはおかみさんを連れてやって来ました」

「ふたりに不審な様子はなかったのか」

「なにやら、訳ありのご様子でした。なにしろ、おかみさんというのは武家の妻女ふうのお方でしたし……。しかし、お貸しする約束をし、前金までいただいておりましたので」

大家は息継ぎをし、

「ただ、駆け落ち者とみましたので。果ては心中でもされては困ります。そのことを念を押しました。決してそんな真似《まね》はしないと、半助さんは約束してくれましたので」

もし店子《たなこ》が問題を起こせば、大家も責任に問われる。だが大家は半助の熱意にほだされたようだ。

「暮らしている間のふたりの様子は?」

「病気とかで、おかみさんはほとんど外に出ません。たまに、半助さんがどこかへ出かけていたようです。食事も、半助さんが作っていたようです」

半助は何のために外出をしていたのか。ここでも、用人が言っていた、家の大事な品物というのが気になる。

「ゆうべ、ふたりはあの家を出た。何があったのか、心当たりはないか」

「ありませぬ。おふたりが黙って出て行かれたのが信じられません。半助さんはとても義理堅いひとのようでしたのに」

大家は困惑げに首を横に振った。

「酒屋の亭主が、ひとの怒鳴り声のようなものを聞いたという。何か、半助を探しているような不審な者を見かけなかったか」

酒屋の亭主にきいたことを、大家にも訊ねた。

大家はふと考え込んだ。

「そう言えば、煙草の行商の男や飴《あめ》屋をいっとき、よく見かけました。今になって思うと、あの家を窺っていたのかもしれません」

佐助は平助の顔を見た。

目顔で、もういいと平助が言ったので、

「出かけるところをすまなかった」

と言い、佐助は大家の家を出た。

「兄い。どういうことだ。俺たち以外に、あのふたりを探していた人間がいたってことになるじゃないか」

「そうらしいな。三太が再び、ここに戻ったとき、そいつらと遭遇したんだ」

「じゃあ、三太は……」

次助が悲鳴のような声を出した。

「わからねえ。そいつらに見つかって捕まったのか。あるいは、そいつらのあとをつけて行ったままなのか」

平助は表情を曇らせた。

家の中には争ったような跡はなかったから、半三郎といせはおとなしく何者かについていったのに違いない。そのあとを、三太がつけて行った可能性もある。

だとすると、今頃は長谷川町の家に戻っているかもしれない。

「よし。いったん、家に戻ろう」

佐助たちは来た道を戻った。

長谷川町の家に帰って来たが、三太は戻っていなかった。おうめ婆さんの家にも立ち寄っていない。

念のため、亀井町の助三のところに様子を見に行ったが、やはり三太は戻っていなかった。

その翌日のことだった。

富坂惣右衛門の屋敷の用人榊原勘兵衛が佐平次を訪ねて来た。

その顔を見て、佐助は目を疑った。二十日ほど前に最初に訪ねて来たときと打って変わって、頬がこけ、白髪が目立ち、憔悴《しょうすい》しているように思えた。

「お願いの儀、無事に解決いたしました。もう、例の件は忘れていただきたい。これは謝礼だ」

勘兵衛は再び懐紙のものを差し出した。

「どうなったんですね。半三郎と奥方は見つかったんですかえ」

佐助は不審に思った。

団子坂の家周辺に現れた怒鳴り声の主は富坂家に関係する者たちだったのか。

「さよう、すべて終わった」

「ふたりはどうなったんですかえ」

「それはこちらのこと。よいか、この件は忘れてもらいたい」

「失礼でございますが」

平助が口をはさんだ。

「半三郎と奥方は団子坂の一軒家におりやした。一昨夜、その家に何者かが訪れた。その者たちは、ご用人さんの手の者ですかえ」

「知る必要はない」

「それじゃ、納得いきませんぜ。それに、あっしどもの三太という者が団子坂まで行って、いまだに戻って来ない。あっしたちにとっちゃ、まだ終わっていないんですよ」

「三太と申す者が帰っていないのか」

表情を曇らせて、勘兵衛がきいた。

「そうです。一昨日《おととい》、ふたりの行方をつきとめたあと、もう一度、夜になって様子を見に行ったんです。そのまま帰って来ない」

「わしは知らん。だが、調べてみよう」

苦しげに言い、勘兵衛は立ち上がった。

「お待ちください」

平助が呼び止めた。

「もう一つお聞かせください。半三郎と奥方は御家の大事なものを持って逃げたということでしたが、その品物はどうなりやしたか」

「無事、戻った」

答えまで、一瞬の間があった。

「何度も言うようだが、もうこの件は終わった。よいな」

勘兵衛は踵《きびす》を返した。

「もう一つ」

またも平助が勘兵衛を呼び止めた。

「なんだ」

うるさそうに、勘兵衛は振り向いた。

「こいつを受け取るわけにはいきません。あっしたちは頼まれたことをなし遂げたわけじゃありません」

「いや。そなたたちにも力になってもらったのだ。遠慮せず、とっておけ」

「困りやす」

平助は立ち上がり、懐紙の物を勘兵衛の手に押し返した。

呆《あき》れたような表情で、勘兵衛は金を受け取り、土間を出て行った。

「なんなんだ。さっぱりわかりゃしねえ」

次助は憤然とする。

「兄い。いってえ、どうなっているんだ」

佐助はやりきれない思いをぶつけるようにきいた。

「そんなことより、今は三太の身が心配だ。奴は見掛けによらずたくましい。きっとだいじょうぶだと思うが……。いや、だいじょうぶだ」

平助が自分自身に言い聞かせるように言った。

夜が更けたが、三太が帰って来る気配はなかった。佐助は今夜辺り、葭《よし》町の芸者の小染《こそめ》の家に行ってみようかと思っていたが、三太のことでそれどころではなくなった。

三

翌日。鳥越《とりごえ》の松《まつ》と異名をとる岡っ引きの松五郎《まつごろう》は、若い女房のおつねの酌で、朝から酒を呑《の》んでいた。

大柄で、目は大きく、獅子《しし》鼻。顎の切り傷は捕物でついたものではない。岡っ引きになる以前のごろつき時代に喧嘩《けんか》沙汰《ざた》で受けた傷だ。

鳥越神社の近くにある松五郎の家にはごろつきのような若い連中が居候《いそうろう》をしている。日雇いや大道芸人もいるが、皆岡っ引きになろうとしているのだ。

正義のためではない。岡っ引きになれば、食いっぱぐれがないからだ。

堅気の商家もきれいごとだけで商売をしているわけではない。また、盛り場に店を構える呑み屋や楊弓場《ようきゅうば》なども、どこか脛《すね》に傷がある。

だから、岡っ引きが顔を出せば、某《なにがし》かの銭を包んでくれるのだ。そう頻繁に顔を出せばゆすり、たかりになってしまうが、そこはほどほどの間隔でしま内をひとまわりするのだ。

そうすれば、ちょっとした金になる。

一人前の岡っ引きでなくても、松五郎の身内だと名乗るだけで、相手は銭を握らせてくる。

こんないい商売はないのだが、それも近頃では様子が変わって来た。

佐平次の登場が原因だ。

松五郎が佐平次のことを思い出して苦い酒を呑んでいると、若い者が廊下にやって来て、客だと告げた。

誰だときく前に、眠たげな目をしたふくよかな顔の、色白の男が現れた。肩幅が広く、胸板が厚い。そんな体に羽織を羽織っていて、大店《おおだな》の主人という雰囲気だ。

「松五郎、朝っぱらからいい身分だな」

ずかずかと勝手に部屋に入って来て、男は松五郎の前にあぐらをかいた。

「おう、又蔵《またぞう》。久しぶりじゃねえか」

松五郎は目を輝かせた。

又蔵は松五郎と同じ年の五十三歳。

若い頃はふたりで極道の限りを尽くした仲だった。三十近くになって、松五郎は定町廻りの同心羽村文兵衛《はむらぶんべえ》に捕まったのが縁で岡っ引きになった。

ほとんど同じ時期に、又蔵は深川の遊女屋『加納屋』の亭主に納まった。だが、又蔵にはもう一つの顔がある。

「おつねさんも相変わらず若いねえ。松五郎がうらやましいぜ」

「まあ、又蔵さん。いつもお口がお上手」

おつねは色っぽく笑った。

「世辞じゃねえよ」

「又蔵さん。ゆっくりしていっておくれ。じゃあ、おまえさん」

気をきかして、おつねは座を外した。

おつねが出て行ったあと、

「どうしてえ、浮かない顔をして。さては、また佐平次のことでも考えているんじゃねえのか」

と、又蔵がきいた。

図星だったので驚いて、

「どうしてわかったんだ」

と、松五郎はきいた。

「さては、あの噂はほんとうだったのか」

又蔵は口許に冷笑を浮かべた。

「噂とはなんだ」

松五郎はうろたえてきく。

「佐平次にやり込められたって話だ」

「いや。あれは……」

松五郎は苦い顔をした。

たまたま起きた心中事件を殺人事件に偽装し、誤った犯人を捕まえさせ、佐平次の権威を地に落とそうと謀ったのだが、見事に失敗した。

危うく、松五郎はその責任を追及されるところだった。思い出すだけでも、胸くそが悪くなる。

「まあ、いいやな」

又蔵は煙草入れを取り出した。

松五郎は煙草盆を押しやった。

又蔵は何しにやって来たのかと、松五郎は改めて考えた。何かいい話でも持って来たのだろうかと、又蔵の余裕の笑みの浮かんだ顔を見た。

長煙管《ながギセル》をくわえ、又蔵は火を点《つ》けてから、

「俺も佐平次が目障りでならねえんだ。なにしろ、あいつは手懐《てなず》けようとしても、まったく受け付けねえ」

と、眠たげな目を鈍く光らせた。

表向きは遊女屋の亭主だが、又蔵にはもう一つ、裏の顔がある。深川、本所一帯のならず者たちの親玉でもあった。

又蔵は松五郎をはじめ、他の岡っ引きたちに鼻薬を利かせている。

何か事件を起こし、岡っ引きに目をつけられたら、ならず者はまず又蔵に相談に来る。

又蔵は快く引き受け、岡っ引きにお目溢《めこぼ》しを願う。日頃の付け届けがあるから、結局、岡っ引きは又蔵の言いなりになる。

事があれば、又蔵親分に頼めばなんとかしてくれる。それは、ごろつき仲間に知れ渡っている。

いや、江戸にいられなくなった者や、捕まって江戸所払いになったものが噂を広めるので、地方から江戸にやってくるならず者はまず又蔵に挨拶に行くのだ。

このように、又蔵は裏の世界では相当な顔役なのであった。

ところが、佐平次が登場して様子が変わった。

なにしろ、又蔵が袖《そで》の下を使おうとしても受け取ろうとしない。ましてや、あくどい罪を見逃すことなどあり得ない。

いつか、又蔵にそのことをこぼされたことがあった。そのこともあって、松五郎は佐平次の追い落としを謀ったのだ。

「松五郎、今度は俺がやる」

いきなり、又蔵が言った。

「何をやるって？」

又蔵の言葉が理解出来なかった。

「佐平次に一泡吹かせることだ」

「何かいい考えでもあるのか」

乾いた喉《のど》に水を得たように、松五郎は身を乗り出して、自信に満ちた又蔵の顔を見た。

煙管の雁首《がんくび》を煙草盆にぽんと叩きつけ、

「佐平次を貶《おとし》めようとするから難しいのだ。そうじゃねえ」

「どういうことだ？」

松五郎も真剣になった。

「佐平次以上の岡っ引きを創り出すのだ」

「なんだと、佐平次以上の岡っ引きだと」

「そうだ。佐平次の人気は捕物の腕と美貌だ。清廉潔白などというのは付け足し。煎《せん》じ詰めて言えば、この二つだ」

確かに、佐平次は歌舞伎役者にもいないだろうと思われる男振りだ。その上に知力に優れ、勇気もある。

そんな佐平次以上の男が他にいるとは思えない。

水をかけられた火のように、松五郎の滾《たぎ》った気持ちが萎《な》えていった。

「又蔵。言葉を返すようだが、そいつは無理だ」

松五郎はしらけた気分で続けた。

「佐平次以上の男がいるはずねえ」

そう言うや、手元の湯呑みに手を伸ばした。さっきまで呑んでいた酒が少しだけ残っていた。

喉を鳴らして酒を呑んでから、

「又蔵。冗談はいい。酒にするか」

と、手を叩いておつねを呼ぼうとした。

「待て、松五郎。俺の話を最後まできけ」

又蔵が制した。

「じつはな」

又蔵の眠たげな目がかっと見開いた。

「そんな岡っ引きを近くに待たせてある。ちょっと付き合え。まず、そいつに会ってからだ」

「よし」

又蔵の迫力に気圧《けお》されたように、松五郎は立ち上がった。

おつねに見送られて、松五郎は又蔵といっしょに家を出た。数人の居候の男たちが土間に並んで、ふたりを見送った。

又蔵が連れて行ったのは鳥越神社から少し離れたところにあるそば屋だった。

昼前で、まだ暖簾《のれん》がかかっていない。又蔵は戸を開けて中に入って行った。

「親分さん、いらっしゃいませ」

と、亭主がもみ手をして松五郎を迎えた。

梯子《はしご》段を上がって二階の小部屋に行くと、窓の手すりに弁慶縞《じま》の単衣《ひとえ》の男がよりかかっていた。

男は気取っているのか、手拭いを頭からかぶって、顔を隠していた。

手拭いが風に揺れて、横顔がちらりと見えた。松五郎はおやっと思った。そして、その男が手拭いを外したとき、覚えず、あっと声を上げた。

こんなきれいな顔をした男がいたのかという驚きだった。

松五郎の反応を楽しむかのように、

「鶴吉《つるきち》。こっちへ来て、松五郎親分に挨拶をしな」

と、又蔵は声をかけた。

鶴吉と呼ばれた男は立ち上がった。細面のきりりとした顔立ちは、どこか佐平次にも似てなくもない。

鶴吉が裾をぽんと叩いて小粋に座った。まるで、芝居を見ているようだ。

「松五郎もつっ立ってないで、座ったらどうだ」

「驚いたぜ」

松五郎は腰を下ろして言う。

「鶴吉。挨拶しねえか」

「へえ。鶴吉と申しやす。お見知り置きを」

高い声の響きもいい。不敵な態度にも、どこか色気がある。

濡れたような切れ長の目は女心を蕩《とろ》けさせそうだ。こいつは世間の女どもの注目を浴びることは間違いない。

松五郎は少し興奮してきた。

「又蔵。この男をどこで？」

「どうだ、わかったか」

松五郎の問いかけに答えず、又蔵はにやにやして言う。

「わかった。しかし、この男にそれだけの才覚があるのか」

「鶴吉は幼少から寺で育っている」

女人禁制の寺などで男色の相手をするきれいな男の児だ。なるほど、稚児かと、松五郎は納得した。

「寺では学問を学び、関口流の柔術を会得した」

「ほう」

松五郎は感嘆した。

「そこでだ。おめえの力で、誰か同心の手札をもらってくれ。これから、鶴吉を岡っ引きとして売り出す」

「そいつは構わねえが」

まだ、松五郎には不安があった。

確かに、美貌の点では引けをとらないかもしれない。だが、問題は岡っ引きとしての腕だ。

「事件を佐平次より先に解決しなくちゃ何もならねえ。そいつが肝心じゃねえのか」

「心配するな。その手は打ってある。残虐な事件で、鶴吉に手柄を立てさせる」

「うまい具合に、そんな事件が起こるものか」

「松五郎よ。おめえ、佐平次を貶めようとして何をしたんだえ」

「なに」

「事件なんて、起こせばいいのよ」

「稚児《ちご》か」

「又蔵。まさか、おめえは……」

松五郎は息を呑んだ。

「察したかえ。じつはこういう手筈《てはず》だ」

松五郎は又蔵の考えを聞いて、しばらく声が出なかった。改めて、恐ろしい野郎だと、又蔵のことが薄気味悪くなった。

しかし、こいつはうまくいくような気がした。

「松五郎。おめえの子分たちにはちと割りが合わないこともあろうが、これも佐平次を押さえ込むためだ。こらえてもらいてえ」

「わかっているぜ」

「鶴吉の住まいは日本橋の北鞘《きたさや》町だ。一石《いっこく》橋の傍だ」

さっきから鶴吉は口許を歪《ゆが》め、興味なさそうにそっぽを向いている。

「そこなら佐平次と同じ縄張りだな。もう、住んでいるのか」

「いる。鶴吉には子分をひとりつけた。子分はすぐ近くに住んでいる」

「そいつも、おめえの手下か」

「ああ、そうだ。それから手札を貰《もら》う同心だが、おめえの旦那は確か、羽村文兵衛だったな」

「そうだ。だが、他にも手札をもらったことはある。羽村の旦那から手札をもらえばいいのか」

松五郎は同心の旦那を変えたりしてきた。

「それでも構わねえが、どうせなら、南町の押田《おしだ》敬四郎《けいしろう》がいい」

「押田の旦那か」

「そうだ。佐平次に手札を与えている北町の井原伊十郎とは犬猿の仲らしいじゃねえか。押田敬四郎なら、この鶴吉に飛びついてくると思うぜ」

「だが、長蔵《ちょうぞう》という岡っ引きがついているぜ。長蔵が鶴吉を歓迎するとは思えねえが」

長蔵も商家の旦那に小遣いをせびり、盛り場の茶屋などに顔を出しては某かの銭をもらっているけちな岡っ引きだ。

やっていることは同じでも、長蔵は一匹狼《いっぴきおおかみ》的なところがあって、松五郎たちの仲間とは交わろうとしない。

「あの男も佐平次を憎んでいるはずだ。敵の敵は味方だ。それに、長蔵といっしょに仕事をするわけではねえ。長蔵など無視しても影響ねえだろう。佐平次と張り合っていくには、押田敬四郎のほうが何かと都合がいいんだ」

「それもそうだ。よし、わかった」

「それから、もう一つ頼みがある」

「なんだ」

「子分たちに鶴吉という凄い岡っ引きが誕生したと、あちこちで吹聴してもらいたい。前評判を高めておくのだ」

「なるほど。お安い御用だ。こいつは面白くなってきやがったぜ」

佐平次に吠《ほ》え面《づら》をかかせてやることが出来そうだと思うと、松五郎は覚えず笑みが漏れた。

これで溜飲《りゅういん》が下がり、そして、佐平次の人気が落ちれば、こっちもこれからやりやすくなる。


その夜、松五郎は鶴吉を連れて、八丁堀にやって来た。建ち並ぶ与力、同心の組屋敷の中を、同心の押田敬四郎の屋敷を目指した。

又蔵と別れたあと、松五郎はさっそく押田敬四郎に会いに行ったのだ。

鶴吉の話をすると、押田敬四郎はのっぺりした顔の口許に冷笑を浮かべた。すぐには信用出来ない様子で、松五郎に根負けしたように、今夜連れて来いと言ったのだ。

手札を与えるかどうか、本人を見てからだと言った。

押田敬四郎の屋敷の冠木《かぶき》門を潜《くぐ》り、勝手に内庭への木戸を抜けた。

小者《こもの》が手入れをしているのだろう、意外にきれいな庭を抜けて、明かりの灯《とも》っている部屋に向かった。

「旦那。松五郎が参りやした」

松五郎は庭先から声をかけた。

やがて、押田敬四郎が常着のまま濡れ縁に出て来た。

そう言いながら、押田敬四郎の目は松五郎の背後にいる鶴吉に向けられた。

だが、押田敬四郎は目を細めたりしていたが、

「おう、ご苦労」

「まあ、上がれ」

と、いらだったように言った。

鶴吉の顔が陰になってよく見えなかったのだろう。

沓脱石《くつぬぎ》に足をかけて、松五郎は濡れ縁に上がった。鶴吉もあとに続く。

部屋で、改めて向かい合ってから、

「旦那。鶴吉でございます」

と、松五郎は紹介した。

押田敬四郎の目に驚愕《きょうがく》の色が表れていた。

「旦那。いかがでございますか」

松五郎は自信に満ちてきいた。

佐平次はこれまでの岡っ引き仲間の秩序を乱す異端者だ。大の悪を懲らしめるためには小の悪を認める。それがこの社会だ。

うまみがなければ、誰が岡っ引き稼業に首を突っ込むものか。

「松五郎。こいつはたいしたものだ。佐平次に負けねえ」

鶴吉に目を向けたまま、押田敬四郎は感嘆の声を上げた。

「歳《とし》は幾つだ?」

「へえ、二十一になりやす」

耳に心地よい声の響きだ。

「佐平次より若い。こいつはいい。江戸の女が夢中になるぜ。佐平次より凄い男がこの世にいるとは思わなかったぜ。これで、あいつに一泡吹かせてやることが出来るかもしれんな」

あいつが北町の同心井原伊十郎のことだと、松五郎はすぐにわかった。年齢は敬四郎のほうが三つ上らしいが、だんだん伸《の》してきた井原伊十郎に敵愾《てきがい》心を燃やしているのだ。

「鶴吉をどこで見つけたのだ?」

「へえ、じつはあるお寺でして」

「なるほど。稚児か」

押田敬四郎も鶴吉の美貌を稚児と結びつけた。

「よく、見つけたものだ」

あくまでも鶴吉を見つけたのは松五郎だということにしてある。又蔵のことは、押田敬四郎に限らず、誰にも秘密のことだった。

「よし。鶴吉。明日からお披露目だ。俺といっしょに町廻りをする。明日の朝、五つ(八時)前に、ここに来い」

「へい」

鶴吉は頭を下げた。

明日になれば、松五郎の手下たちが、髪結い床や、湯屋、それに居酒屋など、ひとの集まるところで、鶴吉の噂をばらまくはずだ。

佐平次、今に思い知らせてやるぜ。松五郎は心の内で不敵に笑った。

四

やい、出せ。ここを出しやがれ。俺を誰だと思っているんだ。佐平次親分の子分だぞ。

三太は何度も同じことを繰り返し叫んでいるが、猿ぐつわをかまされているので、ただ唸《うな》っているだけにしか思えなかった。

納屋のようだ。窓がないので、真っ暗だ。この暗闇《くらやみ》に放《ほう》り込まれて二日経《た》ったようだ。朝だというのは鳥の囀《さえず》りと、天井の僅《わず》かな隙間《すきま》から漏れる糸のような細い光で判断した。

後ろ手に柱に縛られ、足も結わかれている。

食事もなし、水も飲んでいないので、喉は渇ききっている。小便も垂れ流しだ。奴らは、ここに俺を縛りつけたまま忘れてしまったのではないか。

あるいは、ここで餓死させようという魂胆かもしれない。

いったい、ここはどこなのだ。微かに水音がする。川の近くかもしれない。

空腹と疲れとで、ふと意識が遠ざかっては、はっと意識が蘇る。そんなことを何度か繰り返しているうちに、夜になった。

天井の裂け目から月の光が僅かに射している。

ちくしょう。出してくれよ。じいちゃん、助けてくれ。泣き言が口に出たとき、外で人声がした。三太は足をばたつかせた。微かな音しかしなかったが、そのうちに足が何かに触れた。三太は思い切り蹴《け》った。何かが倒れる大きな音がした。

話し声が止まった。気づいたようだ。三太はここぞとばかりに足をばたつかせた。

戸が開いた。月明かりがさっと足元まで射した。戸口に三人の男の姿が見えた。ひとりが提灯を掲げた。

三人とも、尻端《しりはしょ》折りをし、腰に道中差しという旅の恰好だ。

「臭えな」

ひとりが悲鳴のような声を上げた。

「誰だ。そこにいるのは」

太い声が、三太の空腹に響いた。

三太は夢中で口を動かした。猿ぐつわの下からうめき声が漏れた。

提灯の明かりが足元から顔を照らした。

「おう、誰か結わかれているぜ」

「小便臭えと思ったら、こいつだったのか」

「おい、解いてやれ」

小柄な男がすっと前に出て、懐から匕首《あいくち》を取り出した。おでこの広い男だ。つり上がった細い目が冷酷そうな光を放った。

いきなり、刃先を三太の目の前に突きつけて、にやりと不気味に笑った。殺されると、三太は目を瞑《つむ》った。

が、素早く、猿ぐつわの手拭いを切った。

三太の頬に、微かな切り傷が生じた。続けざま、足と後ろ手の縄に刃が入った。

手足が自由になった。が、すぐに動かせなかった。体のあちこちが痛い。

「小僧。どうしてここにいるのだ？」

骨太の体の大きな男が髭面《ひげづら》を突き出した。

「小僧じゃねえ。俺は三太だ」

「ちっ。口だけはたっしゃだな。じゃあ、三太、おめえどうしてこんなところに閉じ込められちまったんだ」

「わからねえ」

「わからねえだと」

「千駄木に知り合いを訪ねて行く途中、いきなり頭を殴られて気を失っちまったんだ。気がついたら、ここにいた。何がなんだかさっぱりわからねえ」

三太はだんだんあのときの衝撃が蘇って来た。

雨の中、千駄木の団子坂の一軒家にやって来た。すると、その家からひとが出て来たのだ。三太はあわてて物陰に隠れた。

数人の男に囲まれて、半三郎といせらしき女が雨の中を出て来た。半三郎は蓑笠《みのかさ》をかぶり、いせは唐傘を差していた。

一行は路地を出て行った。三太はそのあとを追おうとした。そのとき、背後から後頭部を殴られたのだ。

「ちくしょう。あいつらは何者なんだ」

三太は手足をさすりながら憎々しげに口許を歪めた。

「歩けるか。ともかく、外に出よう。臭くてたまらねえ」

三太はたくましい太い腕に支えられて立ち上がった。

よろけながら、外に出た。

星が満天に見えた。夜気が頬に冷たく当たった。

三太は男の手を振りほどいて草むらに向かった。

「おい、どこへ行く」

「くそだ」

「ばかやろう。もっと遠くでやれ」

髭面の男が怒鳴った。

三太は足を引きずりながら草むらに分け入った。すると、向こうに川が見えた。大きな川だ。隅田川だ。

やはり、川の近くだというのは当たっていたと、つまらないことで得意になった。用を足してから、元の場所に戻った。

「水」

三太は叫んだ。

喉がからからだ。

井戸が見え、三太は走った。

釣瓶《つるべ》を落として水をくみ出し、桶《おけ》を抱え込んで口に流した。口からこぼれ、胸にかけてびしょ濡れになった。

呆れるほど飲んだあと、三太は急に目眩がし、その場に倒れ込んだ。

今度は担ぎ上げられて、どこかに連れて行かれた。建物の中だ。

「おめえ、腹が減っているんだな」

三太は板敷きの上に寝かされており、目の前に握り飯があった。三太は起き上がると手を伸ばし、夢中でほおばった。

途中、噎《む》せて激しく咳《せ》き込んだ。

「とりゃしねえから、落ち着いて食え」

大きな握り飯をふたつ平らげた。

「この野郎。よっぽど腹が減っていたんだな」

食い終わったあと、三太は急に眠くなって来た。と思う間もなく、意識が遠退《とおの》いた。何か言っている男の声がしたが、意識にまで入って来なかった。

三日ぶりに手足を伸ばして眠った。

目が覚めたとき、太陽は中天に上っていた。三人の男の姿はなかった。

傍らに、また握り飯が置いてあった。三太は夢中でほおばった。

あの人相のよくない連中は何者だろうか。堅気の人間とは思えない。博徒かもしれなかった。

だが、それ以上のことは考えられなかった。

それより、佐平次親分が心配しているだろうと、気が焦《あせ》った。じいちゃんのことも気になる。

三太は扉を開けた。小さな梯子段があった。ゆっくり下りるが、足はまだ痛んだ。

地べたについてから振り返った。お堂だった。屋根も傾き、壁の羽目板も剝がれている。廃寺だ。本堂はがらんどうで仏像や他の仏具は何もなかった。

本堂の裏手に納屋があった。川に近いほうだ。三太が閉じ込められていた場所に違いない。

山門も朽ちている。

そこを出て見ると、田圃《たんぼ》が広がっていた。かなたにこんもりした岡が見えた。そのかなたの左奥に、大伽藍《だいがらん》。

引き返し、お堂の裏から川っぷちに出てみた。

左手の対岸に大屋根が見える。寺の屋根だ。目を右に転じると、かなたに長い橋が見えた。その辺りに建物が密集している。

あれは……と、三太は気がついた。千住《せんじゅ》宿と千住大橋かもしれない。いや、そうだ。すると、山門の外に見えた岡が道灌《どうかん》山だ。するとここは尾久《おく》村辺りか。

三太はお堂の中に戻った。あの三人組はどこに行ったのかと思ったとき、そこに、書置きがあるのに気づいた。

途中、駕籠《かご》か船に乗り、家に帰れ。そう認《したた》めてあり、一朱銀が二つ置いてあった。

ひとりは骨太の大柄な男で、髭面。鼻も唇も大きかった。もうひとりは小柄だが、おでこが広いのが特徴で、冷酷そうな細い目をしていた。それに、無口な痩《や》せた長身の男だった。

三人とも一癖も二癖もありそうな面体《めんてい》だった。おそらく、博徒の類《たぐい》であろう。だが、命の恩人であることに間違いない。

三人が戻るのを待つつもりだったが、もうここには戻って来ないようだった。旅の恰好だったから、きょう江戸に向かったのだろう。

日光街道を来て、千住大橋を渡ってからこっちに来るとは思えないので、三人は中山道《なかせんどう》をやって来て、江戸の手前で中山道から外れたのだろう。

こっちに身を隠したのは、そのまま江戸の町中に入れない事情があったのか、それとも三人が向かう先はここを通ったほうが便利だったのか。

庭にあった大きな枝を杖《つえ》代わりに、三太は荒れ寺をあとにした。

五

その日、佐助たちは牛込《うしごめ》御門外に来ていた。

旗本富坂惣右衛門の屋敷を見通せる場所に立って、さっきから様子を窺っていた。用人の榊原勘兵衛に会ったとしても、ほんとうのことを喋《しゃべ》ってはくれまい。それより、奉公人の口から何かを聞き出そうと、斜め向かいの屋敷の塀の角に身を隠し、誰か出て来るのを待っていたのだ。

ここに立って、半刻（一時間）近く経って、ようやく潜り戸が開いた。佐助たちは目を凝らした。

門番に見送られて出て来たのは奥方らしき風体の女と女中だ。

「まさか、いせという奥方ではないだろうな」

佐助は不思議そうに女を見た。年格好は同じだ。

「しかし、女中を供につけているのだから奥方じゃないのか」

次助も小首を傾《かし》げた。

「富坂惣右衛門は奥方を離縁したんじゃなかったのか」

奥方のあとをつけながら、佐助は疑問を口にした。

榊原勘兵衛の話では、奥方を離縁し、若党の半三郎を放逐するということだったのだ。奥方らしき女と女中は神楽《かぐら》坂の途中にある小間物屋に入って行った。黒塗りの品のよい屋根看板を見ても、高級な品物を扱っている店だと知れた。

しばらくして、ふたりは出て来た。屋敷とは反対のほうに歩き出した。

「行ってみよう」

平助が小間物屋を顎で示した。

小間物屋の暖簾を潜り、佐助は平助のあとから土間に入った。

番頭らしき男が顔を向け、佐平次に気づいたのか、あわてて近寄って来た。

「あっしは北の旦那から手札をもらっている佐平次っていう者だが、ちと訊ねたいことがあるんだ」

その場にいた客の女が頬を染めて佐助に見入っていた。

「はい。どのようなことでございましょうか」

「いや。たいしたことではないんだ。今、ここに寄られたのは富坂惣右衛門さまの奥方とお見受けしたのだが、違うかえ」

「いえ。確かに富坂さまのお屋敷の方でございますが、奥方ではありませぬ」

丸顔の番頭は即座に答えた。

「違うのか」

「はい」

薄ら笑いのようなものを浮かべたので、佐助はぴんときた。

「妾《めかけ》か」

「さようでございます」

「奥方は見かけるか」

「いえ。最近はお見かけいたしませぬ」

「最後に見かけたのはいつ頃だえ」

「ひと月ほど前になりましょうか」

「ひと月か。で、さっきの妾が屋敷にやって来たのは?」

「最近でございます」

番頭は不審そうな顔になり、

「それが何か」

と、おそるおそる訊ねた。

「いや。なんでもない」

邪魔したなと声をかけて、佐助は店を出た。

「おかしいな」

平助が顎に手をやった。考えに詰まったときの癖だ。

「兄い。どうかしたんかえ」

「なんだかはっきりしねえが、何か引っかかるんだ」

平助は小首を傾げた。

平助が何に引っかかっているのか、佐助にはわからない。

再び、富坂惣右衛門の屋敷の近くにやって来た。

ちょうど、潜り戸から中間《ちゅうげん》ふうの男が出て来た。長身の馬面《うまづら》の男だ。どこか、のそっとした感じがする。

「ここにいろ。ちょっときいて来る」

平助が小走りになって、中間のあとを追った。

佐助と次助は樹《き》の陰に身を寄せて、様子を窺った。

平助が声をかけ、中間が立ち止まった。平助の問いかけに、中間が首を横に振っている。

何度か、そんなことが繰り返されて、平助が戻って来た。

「兄い、どうだった?」

「あの中間は、最近雇われたらしい。いや、他の奉公人もすべて入れ替わったらしい」

「入れ替わった?」

富坂惣右衛門の家の格式では、家来は用人、若党の他に門番、槍持《やりもち》、中間、草履取り、それに女中や下男、下女がいるはずだ。

しかし、譜代の家来は用人の榊原勘兵衛だけで、あとは皆口入《くちい》れ屋から雇っているようだった。それにしても、奉公人を一切替えるというのはどういうことなのだろうか。

「奥方が駆け落ちしたことを知っている奉公人をすべて替えたってことかもしれない。だが、そんなことをしたら、やめた奉公人があることないことを外で言いふらしかねない。そんな心配をしなかったのだろうか」

平助は自分に問いかけするように言う。

だが、それらの疑問と三太の行方不明の謎《なぞ》が繋《つな》がらない。いったい、三太はどこへ行ったのか。

「兄い。井原の旦那に相談し、三太のことで、富坂の屋敷に乗り込むべきじゃねえのか」

佐助の心を読んだように、次助が言った。

「用人の榊原勘兵衛は何かを隠している。だが、勘兵衛は問い詰めても何も喋らないだろう。口を割らすためには、もう少し、秘密を嗅《か》ぎ出さなければだめだ」

平助は無念そうに言う。

虚《むな》しく牛込御門から引き上げた。

夕方、人形町通りを家に向かっていると、町駕籠が追い越して行った。

その駕籠が行き過ぎてから止まった。

転がり出るように、若い男が駕籠から出て来た。

「三太」

次助が叫んで、真っ先に飛んで行った。

間違いない。三太だった。衣服は汚れ、髷《まげ》は崩れ、無精髭《ぶしょうひげ》が口の周囲を覆い、みすぼらしい様子だ。

「親分」

三太が泣きそうな声になった。

「無事だったか。心配したぜ。次助、手を貸してやれ」

佐助が言うまでもなく、次助は三太を抱え起こし、背中におぶった。

「次助兄い。恥ずかしいよ」

「恥ずかしいもくそもあるものか」

皆の視線を浴びながら、三太は次助に背負われて、長谷川町の家に辿り着いた。

「あっ、駕籠代は」

「だいじょうぶだ。平助が払った」

佐助は言い、格子戸を開けて、おうめ婆さんを呼んだ。

出て来た婆さんは、三太の悲惨な姿に目を丸くして、すぐに濯ぎの水を持って来た。

「すまない。婆さん」

三太は力のない声で言う。

「怪我でもしているのかえ」

三太の顔から体を拭いてやりながら、おうめ婆さんは母親のようにきく。

「いや。だいじょうぶだ。だけど、臭《にお》うだろう。臭くねえか」

「なあに、気にならないよ。それより、三太さん、どこか具合でも悪いんじゃないのかえ。だって、へんだよ」

「違うんだ。じつは腹が……」

そのとたん、三太の腹の虫が鳴いた。

「おう、三太。飯か。飯が食えるなら心配はいらねえ。婆さん、早く飯の支度をしてやってくれ」

「あいよ」

次助といい、おうめ婆さんといい、この三太が可愛《かわい》くて仕方がないらしい。佐助は覚えず口許を綻《ほころ》ばせ、

「三太、落ち着いたら話を聞こう」

と、着替えながら言った。

三太は夢中で飯を食い終えると、すぐに佐助の前にやって来た。

次助も平助も真顔で三太を注視した。

「親分。どうも面目ねえ」

三太は恥じ入るように小さくなった。

「順を追って話してみな」

「へい」

「おい。三太、鼻をかめ」

次助が手拭いをほうった。

鼻水を拭ってから、三太は口を開いた。

「あのあと、気になって、団子坂の家に行ったんです。そしたら、中からひとが出て来て……」

そのときの状況を、三太が説明した。

「で、あとをつけようとしたら、いきなり殴られちまった」

そのときの怒鳴り声や悲鳴を、酒屋の亭主が聞いたのだろう。

「で、気がついたとき、猿ぐつわをかまされて、後ろ手に柱に縛られていたんだ」

それを助けてくれたのは三人組の男たちだったという。たまたま通りかかった旅人のようで、三太を見つけてびっくりしていた。

助け出されて三日ぶりに外に出てみると、そこは隅田川の近くにある廃寺で、あとから尾久村であることがわかった。

三人の男は出発の前に、三太のために金を置いていってくれた。その金で、駕籠に乗って帰って来たのだと、三太はいっきに喋った。

「その三人に礼を言わなきゃならねえな」

佐助は三太を助けてくれた三人の男に思いを馳《は》せながら、

「どんな男だった？」

と、きいた。

「ひとりは髭面の大男。ひとりは、おでこの広い、小柄な男。もうひとりは背は高くて痩せていた。旅先から江戸に戻る途中だったに違いありやせん」

「しかし、旅からの帰りにしちゃ、なぜ、そんな場所を通るのか」

「親分」

三太が土下座した。

「すいやせん。この通りです」

「おいおい、何の真似だ。おめえが謝ることはねえ」

佐助は苦笑する。

「ですが、あっしがへまをしたばかりに、あのふたりは……」

「心配するな。あのふたりは無事らしい。奥方が正式に離縁となり、半三郎といっしょにどこかへ行ったそうだ」

「そうですかえ」

三太は拍子抜けしたように、畏《かしこ》まっていた姿勢を崩した。

が、すぐに、厳しい顔になって、

「じゃあ、あっしを殴ったのは誰なんでしょう」

と、三太は疑問を口にした。

うむと唸り、佐助は平助を見た。

「親分。やはり、あの屋敷には何かありますぜ」

平助が鋭い目をくれた。

「そうだ。何かある」

佐助ももっともらしく相槌《あいづち》を打つ。

「親分。あっしはこのままじゃ腹の虫が納まらねえ。それに何があったのか知りてえ。この件をもっと調べてもいいですかえ」

気づかれぬように顔を向けると、平助は目顔で頷《うなず》いた。

「いいだろう。だが、十分に気をつけるんだぜ」

「へい」

三太はほっとしたように頭を下げた。

「具体的にはどうするんだ?」

佐助がきいた。

「もう一度、半三郎と奥方を探しやす」

三太は力んだ。

「それより、三太」

平助が横合いから口をはさんだ。

「おめえが閉じ込められていた尾久の廃寺に案内してくれ」

「お安い御用だ。でも、そこに何かあるんですかえ」

「わからねえ。だが、おめえを襲った連中は、どうしてその場所におめえを連れて行ったのか。そのことから、何か手掛かりが摑《つか》めるかもしれねえ」

「平助の言うとおりだ。俺もそう思っていたところだ」

堂々と、佐助は言う。このように、いけしゃあしゃあと言える厚かましさが、佐助には
あった。それこそ、佐平次を演じるには必要なのであった。

「わかりやした。場所はしっかり覚えてきやしたから」

「おい。三太。じいさんも心配しているぜ。早く、帰ってやれよ」

次助が三太を急《せ》かした。

六

翌日は梅雨の晴れ間で、陽《ひ》が照りつけた。入道雲が浮かんでいる。梅雨明けが近いようだ。途中、鳥の鳴き声がうるさかった。

田圃の満々の水が陽光を受けて白く光っている。

「親分。あの寺です」

佐助たちは浅草、山谷、小塚原《こづかっぱら》と過ぎて、千住大橋の手前で田地に入り、ようやくのことに尾久村にやって来たのだ。

土塀の崩れた荒れ寺の境内に入り、本堂に向かう。

雑草が茂り、いかにもひとの出入りが途絶えていることがわかる。

三太が捕まっていた納屋を見てから、佐助はここまで連れて来られた道順を考えた。

「あの雨の中を、どうやってここまで三太を連れて来たのだろう」

「団子坂の近くに隠れ家があって、そこに一晩とめて、次の日にここまで駕籠で連れて来たんじゃないのか」

珍しく、次助が意見を述べた。

「それも考えられなくはない。だが、雨は好都合な面もある。誰にも、見つからずに行動出来るからな」

平助が応じる。

「そうか。すると、やはりあの雨の中をここまで運んで来たってわけか」

次助がすぐに納得した。

三太が本堂に向かった。

平助は周辺を念入りに調べている。三太を襲った連中の手掛かりを探しているのか。やがて、諦めたように平助は佐助のもとに戻って来た。

「近くの百姓に、この寺のことをきいてくるんだ」

平助が耳打ちした。

佐助が頷いたとき、三太と次助がやって来た。

「あの百姓家まで、この寺のことをきいてくるんだ。妙な奴がここを出入りしていなかったかどうか。三太は東にある百姓家だ。次助はあっちの南側……」

佐助が言うと、

「へい、わかりやした」

と、三太は勢いよく駆けて行った。

次助も渋々聞き込みに向かった。

隅田川の川面《かわも》を渡る風が涼しい。雑草の向こうに、次助の大きな体が見え隠れした。

やがて、ふたりが戻って来た。

「ひと月ほど前に、ふたりの侍がここにやって来たのを見かけたそうですぜ。ふたりとも、袴《はかま》を履いていたってことです。それから、数日前にひとを見かけたってことですが、それはあっしを助けてくれた三人のことかもしれません」

三太が息を弾ませて言う。

「ひと月前というと」

それは、ちょうど半三郎と奥方が駆け落ちした頃だが、その直後からふたりは団子坂にある一軒家にいたのだ。

「どんな侍だったのだ」

「夕方だったので、はっきりわからなかったってことですが、ひとりは頭巾《ずきん》を被《かぶ》っていたそうです」

同じことを、次助も耳に入れて来た。

「俺もそう聞いた」

「で、あの寺はもう何年もああなのか」

「最後の住職が出て行ったのは十年前だそうです。というのも小火《ぼや》程度で済んだってことですが、火事を出して庫裏《くり》の一部を焼き、そのことがけちの付きはじめで、他の寺に檀家《だんか》をとられたりして、立ち行かなくなったってことです」

「十年の荒れ寺か」

佐助は剝がれた本堂の羽目板に目をやった。

結局、その日は虚しく引き上げた。

その夜、夕飯を食べ終わったあと、おうめ婆さんが思い出したように口にした。

「親分さん。鶴吉という親分をご存じですかえ」

「鶴吉？　いや、聞かねえな。それがどうかしたのかえ」

佐助は訝《いぶか》しんできき返した。

「それがね。とってもいい男なんだそうですよ。佐平次親分にも負けないという噂」

「なに、佐助……いや、佐平次親分にも負けないいい男だと」

次助が笑いながら口をはさんだ。

「そうですよ。きのう、夕飯の買物に惣菜《そうざい》屋に行ったら、客と店の主人がそんなことを話していたんですよ」

「婆さん。そんな根も葉もない噂を信じちゃいけない」

「でも、見かけたひとがいて、そりゃ、震い付きたくなるほどのいい男だって」

おうめ婆さんは後片付けをしながら言う。

「そんなに、いい男なのかえ」

佐助は興味を持ってきいた。

「いい加減な噂を流して喜ぶ奴もいるからな」

三太が不愉快そうに口許を歪めた。

「三太さん。食べたら、さっさとじいさんのところに帰っておやり」

おうめ婆さんがせっつく。

「そうだな」

急いで立ち上がり、

「じゃあ、親分。また、明日の朝参りやす」

「あっ、お待ちな。あたしも帰るから、そこまでいっしょに行こうよ」

洗い物を済ませ、おうめ婆さんは手を拭きながら出て来て、

「じゃあ、親分。あたしもこれで」

「ご苦労だった。気をつけてな」

佐助は鷹揚に声をかけた。

兄弟三人だけになると、急に次助が佐助に背中を向けて、

「佐助、すまねえな。ちょっと頼む」

と、自分の肩を揺すった。

肩を揉《も》めと言うのだ。肩だけではない。次に腰を揉むことになる。次助の大きな体を揉むにはかなりの力がいる。

助け船を求めるように平助を見るが、もう壁に寄り掛かって書物を開いていた。

仕方なく、佐助は大きな壁のような次助の背中に向かった。

次助の肩の筋肉は瘤《こぶ》のようになっている。その大きくて固い瘤にぐっと力を入れても、その筋肉はびくともしない。佐助の弱い力では、蠅《はえ》が止まっているほどにも感じないはずだ。

弟の佐助を親分と崇《あが》めなければならない次助は、せめてこういうときに兄としての威厳を取り戻そうとしているのかもしれない。

「次助兄い。どうだ」

佐助は指先が痛くなってきた。

「うむ。あまりきかねえが、いい気持ちだ」

なんだか次助の言葉が理解出来ないが、佐助は腰を浮かして上から思い切り指先に力を込めた。

と、そのとき、平助が書物から顔を上げた。

「来たぜ」

「えっ」

「旦那だ」

そう言った瞬間、格子戸の開く音がした。

佐助と次助はあわてて元の場所に戻った。常々、兄弟だけで他人のいないときでも、親分、子分の関係を保てと、井原伊十郎から言われているのだ。

刀を右手に持って、伊十郎が現れた。

三十をとうに過ぎているのにいまだに独り身。渋い顔つきだから女にもてないわけではない。逆だ。とくに、年増《としま》や後家に好かれる。

「旦那。どうしたんですね」

佐助は長火鉢の前から声をかけた。

伊十郎は佐助から次助に目をやった。そして、何か言いかけたが、すぐ思い直して、

「おめえたち、鶴吉って岡っ引きを知っているか」

と、あぐらをかいた。

「鶴吉？　ああ、おうめ婆さんが言っていたな」

佐助は思い出して言う。

「そんな暢気《のんき》に構えやがって」

伊十郎は顔をしかめた。

「旦那、いってえ、何をそんなにかりかりしているんですかえ」

「ばかやろう、鶴吉だ」

「鶴吉がどうかしたので？」

「俺はきょう鶴吉と会った。佐平次、奴はおめえに負けねえぐれえの男っ振りだ」

「旦那。そんな男がほんとうにいるのか」

次助が真顔になった。

「俺も驚いたぜ。それだけじゃねえ。押田敬四郎が手札を与えているんだ」

「押田の旦那が？」

「そうだ。奴ら、佐平次に楯突《たてつ》こうとしているのだ」

いまいましげな伊十郎に、佐助は穏やかに言う。

「旦那。その鶴吉って男がまともな岡っ引きなら結構なことじゃねえんですかえ。そもそも佐平次を旦那が作り上げたのは岡っ引きの評判を上げるためだったのでしょう」

ゆすり、たかりの岡っ引きが横行し、世間の評判が悪くなった。またぞろ、岡っ引き禁止令が出されないように手を打った。それが佐平次の誕生だったはずだ。

ここに新たに、佐平次のような岡っ引きが現れたら、ますます世間の岡っ引きに対する評価も上がる。

しかし、佐助がそう言ったのは表向きで、佐助は、これが佐平次をやめるきっかけになるかもしれないと思ったのだ。

平助は今、海外の国と交易をする商人を目指して、和蘭《オランダ》語を習い、商売の仕組みを学んでいる。兄弟三人で、ずっと共に暮らすためにだ。

佐平次をやめることが出来れば、その夢にも一歩も二歩も近づくことが出来るのだ。

だが、そんな佐助の気持ちを砕くように、

「ばか野郎。鶴吉はそんなことのために岡っ引きになったわけじゃねえ。奴は刺客だ」

と、伊十郎はまくし立てた。

「鶴吉に手札を与えたのは押田敬四郎だ。その押田敬四郎に鶴吉を世話したのが鳥越の松だ。そう言えば、わかるだろう。鳥越の松や押田敬四郎は、鶴吉を使って佐平次を潰《つぶ》そうとしているのだ」

「鳥越の松……」

先だっての松五郎の姑息《こそく》なやり口を思い出した。

「佐平次が登場してから、岡っ引きは堅気の衆から金を搾り取りにくくなっている。そのことが奴らにとって我慢ならないのだ。だから、佐平次を目の敵《かたき》にしているのだ」

清廉潔白、決して袖の下はもらわず、弱きを助け、強きをくじく。佐平次は絵に描いたような理想的な岡っ引きとして江戸市中に知れ渡っている。

「旦那。で、どうしろと」

平助が静かな声できいた。

「うかうかとしちゃいられねえという話だ」

「なあに、いざ事件が起これば、こっちには平助兄いがいるんだ。鶴か亀か知らねえが、そんなもの怖くもなんともねえ」

次助が大言を吐いた。

「その言葉、忘れるな」

伊十郎は顔を紅潮させて部屋を出て行こうとした。

「旦那。ちょっと待ってくだせえ」

平助が呼び止めた。

「旦那は旗本富坂惣右衛門の屋敷の用人榊原勘兵衛どのをご存じですねえ」

伊十郎の顔色が変わった。

「やはり、そうでしたかえ」

「何がやはりなんだ？」

「旦那が、榊原勘兵衛に佐平次の名を出したんですね」

「頼まれてな」

「で、旦那は礼金をもらった。そうですね」

「平助。何が言いたいんだ」

「旦那。あのお屋敷のことを詳しく教えていただけませんか」

「知らねえ」

「知らねえ？」

「じつは、あの用人がいきなり俺の屋敷にやって来た。そこで、駆け落ちした奥方と若党を探してくれと頼まれたのだ。それで、佐平次の名を出した。あの用人、佐平次のことを知っていた。だから、じかに頼んでくれと、この家を教えてやったんだ。それだけだ」

「礼金をもらったんですね」

「少しだ」

伊十郎は渋い顔で言う。

「奥方と若党が、その後、どうなったかご存じですかえ」

「いや。知らねえ」

興味なさそうに言い、伊十郎は逃げるように引き上げて行った。

「あの旦那の線から調べるのも無理か」

平助の呟きに、佐助は深いため息を漏らした。

第二章　鶴吉親分登場

一

この数日、三太は半三郎といせの行方を探し歩いた。

その日もまた、三太は団子坂に来ていた。この坂から品川沖の海が見え、潮見坂とも呼ばれている。

離縁になり、富坂家とは無関係になった奥方と、屋敷から暇を出された半三郎は、もう逃げ隠れしなくてもよいはずなのだ。

にも拘《かか》わらず、ふたりの行方は杳《よう》としてわからなかった。

大家も、あれきり、ふたりは顔を見せないと言っていた。

不思議だった。黙って借りていた家を出て行ったのだ。すべてけりがついた今、ここの大家に一言挨拶《あいさつ》があってしかるべきではないのか。

酒屋の主人や大家も、半三郎は律儀者のようだと述べている。そういう男なら、何の挨拶もないというのはおかしい。

陽《ひ》が傾き、三太は帰路についた。

千駄木から根岸、三ノ輪、入谷と過ぎ、上野山下から下谷広小路、そして黒門町に差しかかった頃には、辺りは薄暗くなっていた。

それまで軽やかに動いていた三太の足が急に止まった。

三太の脳裏に、やさしいおすえの顔が浮かんだのだ。

（おすえさん）

ほろ苦いものが胸に広がった。

迷った。何度か逡巡《しゅんじゅん》した末、会いたいという気持ちには勝てなかった。気が付くと、三太は神田明神下に向かって走っていた。

一膳飯屋《いちぜんめしや》『さわ』の軒行灯《のきあんどん》に明かりが点《つ》いていた。暖簾《のれん》をかき分けると、客の喧騒《けんそう》がどっと聞こえて来た。

卓は埋まっている。おすえの客あしらいのうまさと、おすえの父親弥平《やへい》の板前の腕の確かさで、いつも客で混み合っている。

「三太さん。いらっしゃい。お久しぶりね。さあ、入って」

おすえが目を輝やかせて迎えてくれた。

「でも、いっぱいだから」

何とか詰めてもらえれば、ひとりくらいは座れそうだが、三太はそこまでするつもりはなかった。おすえの顔を一目でも見ただけで満足だった。

「また、来るよ」

「いいの。上に行って。さあ、早く」

客がおすえを呼んでいる。

「さあ、二階で待っていて。はあい、ただいま」

おすえが忙しく、客の声のほうに向かった。

三太は板場の脇を通り、梯子段《はしご》を上がった。板場では、弥平が包丁を握っていた。

三太は二階の小部屋に入った。ここは客を通す部屋ではない。三太は特別なのだ。

梯子段を上がる足音がし、おすえがやって来た。

酒とつまみを置いて、

「少し待っていてね」

と言い残し、すぐに階下に向かった。

おすえは三太にやさしかった。おすえだけでなく、弥平も口は悪いが、親身になって三太に接してくれている。

おすえは三太より一つ歳が上だ。その愛くるしい笑顔は、三太の心を弾ませてくれる。

佐平次の子分として一人前になったら、おすえを嫁さんにするのだと、三太は思っている。おすえだって、満更でもないはずだ。

だが、その夢が無残に打ち破られたことがあった。

いつか、三太はおすえにきいたことがある。

なぜ、おじさんは俺にこうも親切なんだ。ほんとうの親父みたいだと、三太は言ったのだ。すると、おすえはこう答えた。三太さんをほんとうの倅《せがれ》のように思っているのよ。どうしてなんだ。どうして、俺なんかに。じつは生きていれば三太さんと同じくらいの男の子がいたの。十歳のとき、流行《はや》り病で亡くなったの。するとおすえさんの？　ええ、弟。だから、あたしも三太さんが亡くなった弟のような気がしてならないの。えっ、じゃあ、おすえさんが俺に親身になってくれたのは弟みたいだから……。そうよ、だから、私のこともほんとの姉のように思ってもらっていいのよ。

そのときのことを思い出して、三太は胸が張り裂けそうになった。

「いやだ。弟なんて」

三太はつい口に出した。

と、障子が開き、再びおすえが顔を覗《のぞ》かせた。

「三太さん、どうしたの。何か言っていたけど」

「いや、なんでもねえ」

あわてて、三太は涙を拭《ぬぐ》った。

おすえは慈愛に満ちた目を向け、

「へんな三太さん。さあ、これ。おとっつあんが食べろって」

と、丼《どんぶり》を置いた。

あさり飯だった。

「さあ、三太さん」

おすえが傍《そば》に座り、酌をしてくれた。おすえの甘い香りが鼻を刺激した。

「すまねえ。下はいいのかえ」

「今、落ち着いたわ。少しぐらいならだいじょうぶ」

「俺……」

酒を一口呑《の》んでから、三太は口にした。

「なに」

「俺……」

俺は何を言おうとしているのだろう。いや、言おうとしていることはわかっている。俺はおすえさんを嫁にしてえんだ。弟なんていやだ。そう言いたいのだ。

だが、三太は俯《うつむ》いた。

「やっぱし、何かへんよ」

おすえは心配そうに、三太の顔を覗いた。美しい瞳《ひとみ》が目の前にきて、三太は心の臓の鼓動が激しくなって破裂しそうになった。

階下から呼ぶ声が聞こえ、おすえは笑みを浮かべ、

「呼ばれちゃったわ。さあ、これ、ちゃんと食べるのよ」

と姉のように言い、おすえは立ち上がった。

「弟じゃ、いやだ」

三太は覚えず呟《つぶや》いていた。

障子に手をかけたおすえが振り返った。

「俺、今なんか言った……？」

三太はうろたえた。

「ううん。さあ、それ食べてね」

おすえは部屋を出て行った。

三太は頭がぼうっとしてきた。丼を持ち、夢中でほおばった。


その夜、三太はそのまま亀井町の雨漏り長屋に帰って来た。

「じいちゃん。ただいま」

「おう、三太。毎日、ご苦労なことだな」

横たわったまま、助三が目を細めて三太を見た。

「飯は食ったか」

「ああ。おめえは？」

「食べて来た」

「親分の所か」

「いや。きょうは『さわ』だ」

「そうか。弥平さんは、おめえを自分の息子のように思って下さっている。ありがたいことだ」

おすえの父親は一度、ここにやって来たことがある。三太が怪我《けが》をしたとき、そのことを知らせに来たのだ。

「そんな話をしていたのか」

驚いて、三太が助三の顔を覗き込んだ。

「ああ。ああいうお方がついていてくださり、おまけに佐平次親分の下で働くことが出来た。もう安心だ。俺は思い残すことはねえ」

「じいちゃん、何を言うんだ。俺が嫁をもらうまでは頑張るって言っていただろう」

「ああ、そうだ。それだけが心残りだ。おめえの嫁を見てみてえ。それに、おめえの子どもにも会ってみてえな」

俺の嫁はおすえしかいねえ。そう思い、またも胸が切なくなった。

翌日、三太は朝早く目覚めた。

「じいちゃん。ゆうべは親分のところに寄って来なかったから、今朝は早く行くから」

顔を洗ってきてから、助三に言う。

「おう。行って来い。俺のことは心配するな」

「じゃあ、行って来る」

三太は木戸が開くのと同時に長屋を飛び出した。

ようやく、明六つ（午前六時）の鐘がなり、明るくなりつつある町中を走る。木戸番の男が三太を見送った。

大伝馬町に差しかかったとき、血相を変えて自身番に駆け込んだ男がいた。

「旦那さまが殺されている」

悲鳴のような声が聞こえた。

三太は自身番に飛び込んだ。

「おう、どうしたんだ?」

「私は『清水屋』の番頭です。主人が強盗に……」

強盗に殺されたという。

「紙問屋の『清水屋』だな」

三太は確かめてから自身番を飛び出した。

二

その日の朝、佐助が朝食をとっていると、三太が駆け込んで来た。

「親分。強盗だ。大伝馬町にある紙問屋『清水屋』に強盗が押し入ったらしい」

三太が息せき切って言う。

「強盗だと?」

「主人夫婦が殺されたそうです」

飯の途中、佐助は立ち上がった。

次助はお付けを飯にぶっかけ、喉《のど》に流し込んだ。

手早く、褌《ふんどし》一丁になり、佐助は小紋の単衣《ひとえ》に博多帯を締めた。平助はすでに支度が整っていたが、次助がやっと着替え終えた。

「三太。飯を食ってから来い」

佐助は言い残し、おうめ婆さんの切り火を背中に受けて、土間を飛び出した。

朝の早い豆腐屋などの店は開いているが、まだほとんどの商家は戸を閉ざしている。この人形町通りをまっすぐに行けば大伝馬町である。

木戸番の番太郎が驚いて走って行く佐助たちを見送った。

紙問屋の『清水屋』の前は町役人や騒ぎを聞きつけた近所の者たちでごった返していた。その中から町《ちょう》役人である大伝馬町の家主が佐助を見つけた。

「あっ、佐平次親分。ご苦労さまです」

家主は会釈をしてから、

「こちらです」

と、案内に立った。

土間では、番頭や手代《てだい》たちがおろおろしていた。

黒光りのする廊下を、佐助は奥に向かった。

内庭に面した部屋の隣が主人夫婦の寝間であり、そこに主人の作右衛門《さくえもん》と妻女が仰向《あおむ》けに倒れていた。作右衛門の胸に赤黒い血が滲《にじ》み、妻女も胸を刺されていた。

佐助は死体を見て、目眩《めまい》がした。いつまで経《た》っても死体に馴《な》れない。他のものに気づかれないように目を閉じて、死体の前にしゃがむ。

「ふたりとも、心の臓を一突きだ」

平助が囁《ささや》くように説明する。

「おそらく、内儀に切っ先をあてがい、主人に金を出させたのだ。その上で、容赦なくふたりを殺害している。残虐な野郎だ」

平助の声が微《かす》かに震えを帯びていた。

部屋の隅に、蓋《ふた》の開いた手文庫が転がっていた。

平助が廊下に出た。佐助もあとを追う。

縁側の雨戸が外れていた。賊は雨戸を外し、そこから侵入したのだ。奉公人には気づかれない鮮やかな手口だった。

平助に続いて、佐助は庭に出た。大きな庭石と小さな池があった。そこで、鯉《こい》が物々しい雰囲気に驚いたように大きく跳ねた。

繁《しげ》みをくぐって塀まで行くと、裏の戸の鍵《かぎ》が開いていた。

佐助は広間に奉公人を集めた。

主人夫婦を失って、奉公人は動転しているようだ。二、三十人が畏《かしこ》まっているのに、聞こえるのは女中のすすり泣きの声だけだった。

一番前にいる青白い顔の若い男が倅の作太郎《さくたろう》。二十五歳だという。この男が代を継ぎ、あとは番頭が支えていけば店は何とかなるだろうと思いながら、

「とんだことになった。きっと押し込みの連中をとっ捕まえて仇《かたき》をとってやる」

と、佐助は開口一番言った。

「佐平次親分。よろしくお願いいたします」

作太郎が涙をこらえながら言う。

「この中で、戸締りを最後に確認したものはいるか」

その呼びかけに、手代らしい小肥《こぶと》りの男がそっと手を上げた。

「私が五つ半（九時）に戸締りを確かめました」

目が虚《うつ》ろだ。自分に落ち度があったのではないかという怯《おび》えもあるのだろう。

「間違いなく鍵は掛かっていたのだな」

「はい。間違いありません」

手代は泣き出しそうな顔で答えた。

「いつも、おまえさんが鍵を確かめるのかえ」

「はい。さようでございます」

「主人の部屋に押し込みがあったことは誰も気がつかなかったのだな」

答えがない。

この中に引き込みをした人間がいるかもしれないので、佐助は奉公人たちの顔を順に見ていった。

奉公人については、あとで番頭や作太郎から聞き出せばいい。

「ところで、盗まれた金に見当はつくかえ」

佐助は作太郎にきいた。

「はい。いつも、父は手文庫に十両は置いてあります。ただ、ゆうべは、支払いのための三十両近い金があったと思います」

「四十両か」

その他、いくつか確認したが、さしたる内容はなく、佐助は再び庭に出た。

今度はまっすぐ裏口に向かい、そこから外に出た。

裏は道をはさんで酒屋の土蔵があり、あとは二階建て長屋の裏塀が長く続いていた。

『清水屋』の塀に沿って歩いてみた。

塀には忍び返しがついている。これでは賊は塀を乗り越えられないと思ったが、平助は立ち止まって、『清水屋』の塀の上を見上げた。

塀の内側に松の枝が見える。外に飛び出しているわけではないので、そこに縄をかけてよじ登ることは無理だ。

「この内側に行ってみよう」

何か気づいたように、平助が言う。

佐助は裏口から庭に入り、松の樹《き》のところまで行った。

平助はしゃがんで何かを探した。

「見ろ」

佐助が覗き込んだ。

樹の下に葉っぱと折れた小枝が落ちていた。

平助は塀に向かって伸びている枝を見上げ、次助に肩車をするように命じた。

肩に乗るのは佐助である。

枝に擦れた跡がないか、探せと平助が言う。

次助は佐助を軽々と肩車した。巨軀《きよく》の次助の肩車で、佐助の頭は枝に届いた。

樹皮に縄をかけたような跡はなかったが、微かに樹皮が剝《は》がれている箇所があった。何かでこすった痕跡《こんせき》だ。

佐助は下に下りた。

「あったぜ」

佐助は頷《うなず》きながら言う。

「賊はここに手をかけたのだ」

平助が言う。

「でも、外からここに飛び移ったとしたら、相当に身の軽い奴だ」

佐助は驚いたように言う。

と、そのとき、井原伊十郎が到着した。

「おう、佐平次」

濡《ぬ》れ縁から、伊十郎が声をかけた。

「あっ、旦那」

佐助は伊十郎のそばに近づいて行った。

「何かわかったか」

「賊が侵入した方法はわかりやした。賊にはすごく身の軽い奴がおりやす」

「それだけか。その賊の手掛かりは？」

「いえ」

ちっと、伊十郎が舌打ちをした。

どうも機嫌が悪いようだ。佐助はとぼけてきいた。

「旦那。顔色が優れねえようですが、どうかしたんですかえ」

「どうもこうもあるものか。先だってのことだ」

「先だって？」

佐助は小首を傾《かし》げた。

「じきに押田敬四郎がやって来る」

伊十郎が渋い顔で言った。

そのとき、玄関のほうでざわめきが起こった。

やがて、押田敬四郎が廊下に姿を見せた。そして、その後ろから若者が現れた。

その場に明かりが射したかと思うほどに際立った容姿の男だった。薄い萌葱《もえぎ》色の着物を尻端折《しりはしょ》りをし、胸から覗く晒《さらし》の白さが眩《まばゆ》いほどだ。

男は切れ長の目に鋭い光を放って佐助を見た。佐助も何かに吸いよせられたように顔を向けた。

目と目が合った。この男が鶴吉なのか。なるほど、いい男だと、佐助は目眩に似た衝撃を受けた。

辺りは、山深い中にいるように静寂に包まれていた。周囲の者も、佐平次と鶴吉の、竜《りゅう》虎《こ》と呼ぶべき岡っ引きの出会いを目の前にして、固唾《かたず》を呑んでいるのだ。

「おう、佐平次」

押田敬四郎の声が静寂を破った。

「今度、俺が手札を与えた鶴吉だ。よろしく頼む。すまねえが、現場を見させてもらう」

不気味ににやりと笑い、押田敬四郎は死体の場所に向かった。

そのあとに従い、佐助に向かって軽く会釈をした鶴吉が奥に向かった。

「あれが鶴吉か」

次助が啞然《あぜん》と呟いた。

「思った以上の男振りだ」

「ああ、男でも惚《ほ》れ惚れする」

佐助は素直に感嘆した。

「おい、佐平次」

伊十郎がいらだったように、

「奴らがここに現れたってえのは、佐平次へ闘いを挑んだってことだ。このやま、どっちが先に片をつけるか。佐平次の正念場だ。いいな」

「へえ」

「へえじゃねえ。いいか、平助。後れを取るな」

伊十郎はいきり立っていた。

そこに、鶴吉がやって来た。

「佐平次親分。ちと庭を見させていただきますぜ」

鶴吉は軽く言い、裏口のほうに向かった。鶴吉の後ろから、目つきの鋭い子分がついて行く。

「兄い。行かねえのか」

鶴吉を見送っている平助に、佐助はきいた。

「お手並みを拝見しよう」

平助は低い声で言った。

佐助たちがしたように、鶴吉はいったん裏口を出て、しばらくしてから戻って来て、今度は松の樹に向かった。

佐助は呆気《あっけ》に取られた。

鶴吉はさっき佐助が調べた枝を見ている。

鶴吉が戻って来た。

「どうだ、鶴吉。何かわかったか」

押田敬四郎が声をかけた。

「へい。どうやら、賊は忍び返しのついた堀を飛び越え、庭にある松の樹の枝に飛びついたものと思われやす」

鶴吉が平助と同じ見立てをしたことに、佐助は衝撃を受けた。

「だが、鶴吉。そんなことが出来るのか」

押田敬四郎が口をはさんだ。

「ひとりは恐ろしく身の軽い者でしょう。ふたりが塀の下で向き合い、お互いに手を組む。そこに身軽な男が駆けて来てふたりが組んだ手に足を掛ける。と同時に下のふたりが思い切り、上に持ち上げる。弾みで、男は忍び返しの堀より高く飛んで庭の樹にぶら下がる。そんなとこじゃねえでしょうか」

その閃《ひらめ》きの鋭さに、佐助は声が出なかった。

「なるほど。その男が裏口の閂《かんぬき》を外して、仲間を引き入れたのだな」

押田敬四郎がわざと大きな声で言う。

「そういうことです。身軽な男は軽業師崩れだったかもしれやせん」

「軽業師か」

「最低でも賊は三人」

「三人か」

その場にいた者は鶴吉の推理に聞き入っていた。

「ちっ」

舌打ちして、伊十郎は踵《きびす》を返した。

「佐平次、来い」

佐助はあわててあとを追う。

その場にいた奉行所の者たちの目は鶴吉に釘付《くぎづ》けになり、誰も佐助たちに目を向けなかった。今まで、こんなことはなかった。

『清水屋』を出てから、佐助はふと寂しい思いにかられた。皆の関心は鶴吉に集まっていた。

今まで、鶴吉の立場にいたのが佐助だった。その位置を奪われたという感じがする。

伊十郎は不機嫌そうに黙りこくっている。

「旦那。どこまで行くんですね」

佐助はたまらずに声をかけた。

「知らねえ」

「えっ」

「なるたけ、『清水屋』から離れたいだけだ」

ふいに、伊十郎は立ち止まり、

「おまえたち、何とも思わねえのか」

「何がですかえ」

「何がだと？　鶴吉のことだ」

「ああ、てえした野郎だ。びっくりした。あの事件は鶴吉に任せておけば、すぐに解決するに違いねえ」

「何を暢気《のんき》なことを言っているんだ。鶴吉より先に押し込みを捕まえろ。いいな。もし、向こうに先に手柄を立てられてみろ。佐平次はおしめえだ」

伊十郎はしかめっ面で言う。

「でも、鶴吉の鮮やかなお手並みを見せつけられちゃ──」

佐助は諦《あきら》めたように言う。

鶴吉は自分で考えたのだ。だが、佐助は違う。平助の手助けを得て、何とか佐平次の恰《かっ》好《こう》をつけてるだけで、自分では何も出来ない。

同じような美貌《びぼう》の男の岡っ引きがふたりいて、ひとりは頭脳明晰《めいせき》。もうひとりは平凡な男。どっちが世間の評判を得るかは考えるまでもない。

「おう。佐平次。悔しくないのか。平助も次助も何とも思わねえのか。今まで、佐平次親分と讃《たた》えてた者たちが、これからは手のひらを返したように鶴吉のほうになびいて行ってしまうかもしれないんだ。それで、いいのか」

佐助は胸が潰《つぶ》れそうになった。だが、それも一瞬で、かえって開き直ったような気分になった。

確かに、さっきはやりきれなかった。今までちやほやされてきただけに、急に裏切られたような感じがした。

だが、これが世間なんだということは、前からわかっていたことだ。

佐助だっていつまでも若くいられるわけではない。歳《とし》をとり、容色が衰えて来たときには人気も落ちて行くはずだと覚悟をつけていた。

ただ、それが急激にやって来たので衝撃が大きかっただけだ。いつか直面する事態だったのだ。

「旦那は、岡っ引きの人気をたかめようとして佐平次を作ったんじゃないんですかえ」

平助が冷めた声で言い出した。

「だったら、鶴吉のような男が出て来ても、旦那の意に適《かな》うんじゃないんですかえ。それとも、旦那は自分が目立ちたいために佐平次を――」

「なんだと」

伊十郎は顔を紅潮させた。

「俺は、佐平次のことを思って言っているんだ」

伊十郎は頬《ほお》を震わせて、

「あの鶴吉って奴。歌舞伎役者の妾《めかけ》の子だとか、寺小姓だったとかいう噂《うわさ》もある。いずれにしろ、衆道だ」

「衆道？」

男色だ。

「そんな野郎に負けていいのか。どうだ。佐平次。悔しくないか」

佐助は俯いていた。

「悔しいだろう。悔しかったら、鶴吉より先に押し込みを捕まえろ。いいな」

勝手に言いたいことを言って、井原伊十郎は去って行った。

佐助は東堀留川沿いを歩いた。荷足船《にたりぶね》が着き、菰《こも》に包まれた荷が引き上げられているのを目の端にとらえながら、佐助は腕組みをして歩いていた。

「平助兄い。どうすればいいんだ」

佐助が半泣きできいた。

「おまえ次第だ。佐平次を続けたければ、鶴吉と張り合うまでだ。が、もういいと言うなら、佐平次を捨てるまでだ」

これまでにも、佐平次をやめたいと思ったことは何度かあった。手柄は井原伊十郎が全部独り占め。佐平次は酒も女も厳禁、清廉潔白な理想像を演じさせ、自分は酒も女も勝手にしほうだい。

いいかげんに、頭に来て、佐平次をやめると言うたびに、佐平次を続けるか獄門になるかと、伊十郎は威《おど》すのだ。佐助たち三兄弟は佐助を女に仕立てての美人局《つつもたせ》をして荒稼ぎをしてきたのである。美人局は獄門だ。獄門になりたくなければ、佐平次を続けろ。

そう威され、やむなく今日まで来た。

しかし、鶴吉という岡っ引きの登場は、佐平次をやめるにはいいきっかけになりそうだ。自分からやめるのではない。主役の座を鶴吉に奪われてしまえば、もう佐平次に存在意義はなくなるのだ。

このまま、手を拱《こまぬ》いていれば、やがて鶴吉は手柄を立てるだろう。鶴吉は名声を博することになる。

栄華盛衰は世の常だ。

次助兄いとふたりで平助兄いの外国との交易の商売を手伝う。商人になるのだ。その時期が早まった。そう思えばいい。

そう思いつつも、佐助は心にしこりが残った。

葭町の芸者小染の顔が過《よぎ》った。男嫌いで通っている小染と佐助は好き合う仲だった。しかし、小染が惚れているのは岡っ引きの佐平次親分であり、決して弱虫の佐助ではないのだ。

佐助が佐平次でなくなれば、小染は愛想尽かしをするだろう。いや、そのようなことではない。

このまま、尻尾《しっぽ》を丸めて逃げ出していいのか。

確かに、鶴吉は自分より若いのに切れる男だ。押し込みの侵入経路を見つけ出した手際を見ても、並みの男ではないことがわかる。

それに、頭脳で張り合うのは平助でしかない。佐助はまったく歯が立たない。佐助の取り柄は持ち前の美貌であったが、それさえも鶴吉は佐助を脅《おびや》かすほどなのだ。競っても負ける。だが、何もしないで逃げ出すより、闘って負けたほうが悔いは残らないかもしれない。

卑怯《ひきょう》な負け犬になるわけにはいかない。佐助はそう思うようになった。

「兄い。このまま佐平次が落ちて行くのは我慢出来ない。鶴吉と闘う」

「よし。おめえがそう言うなら、鶴吉の挑戦を受けて立とう」

平助が表情を変えずに言った。

三

三太は、牛込御門外にある旗本富坂惣右衛門の屋敷を見張っていた。

半三郎といせに会わなければならない。団子坂の家で何があったのか、それを聞き出したいのだ。

三太を殴り、尾久村の廃寺の納屋に閉じ込めた男がいるのだ。その男と半三郎とは何か関係があるのか。

半三郎といせは駆け落ちするとき、何かを持ち出した。それがどうなったのか。そういったこともわからなければ、三太の気持ちは納まらなかった。

屋敷から商家の主人らしき羽織姿の男が出て来た。中肉中背で、眠そうな目をした男だ。

四十前後か。外に出てから、天を仰《あお》ぎ、それから男はゆっくり歩きだした。

男が屋敷を離れてから、三太は呼び止めた。神楽坂を上り始めていた。

「もし、旦那。もし」

三太はその男の前にまわった。

「なんだね、おまえさんは？」

男は警戒ぎみに身を引いた。

「お呼び止めして申し訳ございません。決して、怪しいものじゃありゃせん。あっしは長谷川町の佐平次親分の手の者で三太と申しやす」

「佐平次親分の？」

男は訝《いぶか》しげに、

「確か、佐平次親分には平助、次助というふたりの子分がいるだけと聞いていますが」

さすがに、佐平次親分のことは知れ渡っているようだ。

「新しく、あっしが加わったんです」

「そうですか。それはそれは」

男の顔からようやく警戒の色が消えた。もっとも、三太の愛嬌《あいきょう》のある顔を見ただけで、相手はだいぶ気を許していた。

「でも、どうして佐平次親分の子分さんが富坂の殿さまのことを？」

ふと表情を変え、男は好奇心を剝き出しにしてきいた。

「駆け落ちした若党と奥方を探すのを、うちの親分が頼まれたんですよ」

「ああ、やっぱし、そのことですか」

男は口許《くちもと》に冷笑を浮かべた。

「失礼ですが、旦那は富坂家のお屋敷にお出入りを?」

「先月まではね……」

男は暗い顔で言う。

「先月までとはどういうことで?」

「私は酒屋ですが、先月一杯で出入りをとめられました。きょうは御勘定の精算に上がったんです」

なるほど、それで最初は警戒したのかと、三太は合点した。懐にはいくらかの金を持っているのだろう。

先月一杯でお払い箱になった理由はわからないが、三太はさっそく用件に入った。

「あのお屋敷の奥方さまが若党と駆け落ちしたということはご存じだったんですね」

酒屋の主人は眉《まゆ》を寄せた。

「どこかひとの耳のないところにいきましょう」

自然とふたりは毘沙門《びしゃもん》堂を目指した。毘沙門天を信仰する者は多く、境内前には茶店も出来て、賑《にぎ》わっている。

境内に入り、人気《ひとけ》のない隅に行った。

「殿さまはおふたりを許したそうですね」

立ち止まってから、三太は先走ってきいた。

「そのようですね。でも、お殿さまは奥方を離縁なさってから、すっかり変わっておしまいになったようで。やはり、奥方さまを好いていたのでしょう。じつは、今月から、出入りの商人は総取っ替えになってしまったのです」

なるほど、それで外に出たところで天を仰いだのか。得意先がなくなったという嘆きだったようだ。

しかし、なぜ出入りの商人を替えるのか。

「それは、またどうしてなんでしょうか」

「そりゃ、おまえさん。奥方に駆け落ちされたのですから面目もないでしょう。だから、事情を知っている者を追い払ったんですよ」

「案外と気のちっちゃな殿さんのようですね」

三太が声をひそめて言った。

「まあ、そうですな」

男も同調した。

「殿さまはどんな方だったんですかえ」

「酔っては奥方に暴力を振るうなど、横暴なお方のようでした。少し酒乱ぎみのところもあったようです。奥方が逃げ出すのは無理もありません。私どもにとってはよいお得意さまだったのですが」

「ところで、その後、若党の半三郎さんと奥方がどこに行ったかご存じゃありませんかえ」

「いえ、わかりません」

「半三郎さんというのはどんなひとでしたかえ」

「無骨な感じでしたが、律儀者のようです。奥方さまから請われ、仕方なしに従ったのでしょう」

「そうですかえ」

三太が考え込んでいると、

「すみませんが、私はもう帰らないといけませんので」

と、男はそわそわしだした。

「あっ、こいつは失礼しやした。念のために、旦那のお店を教えていただけますかえ。もし、あとで佐平次親分がききたいことがあるといけないので。まあ、ないとは思いますがね」

「この坂を下りきったところにある酒屋で、私は湊屋利平《みなとやりへい》と申します」

「どうもお手数をおかけしました」

三太は湊屋利平を見送った。

あれから、きょうまでさんざん探したが、半三郎の行方を摑《つか》むことは出来なかった。

三太はあの夜のことが忘れられない。いったい、何者が俺を襲ったのか。奴らと半三郎はどんな関係にあるのか。

三太は神楽坂を牛込御門のほうに戻り、堀沿いを水道橋、昌平《しょうへい》橋と過ぎ、八ッ小路を突っ切り、須田町に差しかかった。

暮れなずむ町は白く輝いている。その前方に、ひとだかりが出来ていた。道行くひとが駆けて行く。

「どうしたんだえ」

三太はひとだかりに近づき、背伸びをしてひとの輪の中を見ている女中ふうの女に声をかけた。

「ならず者が暴れているところに、鶴吉親分が駆けつけてくれたんですって」

女が興奮して話しているとき、男の悲鳴が聞こえた。

強引にひとをかき分けて、三太は非難の声を無視して前に出た。

役者のような美貌の男の前に、大の男が仰向けに倒れていた。萌葱色の着物を尻端折りし、紺の股引《ももひ》き姿の男は平然としている。

あれが噂に聞く鶴吉か、と三太が感心したとき、鶴吉の背後から匕首《あいくち》を持った男が襲いかかった。

野次馬から悲鳴が上がった。

危ないと思った瞬間、鶴吉はさっと身を沈め、匕首を握った男の手首を摑むや、えいと気合を込めた。

次の瞬間、男がじべたに転がった。

野次馬からやんやの喝采《かっさい》が起こった。

三太も目を見張った。鶴吉は何事もなかったかのように、倒れているふたりに、

「いいか。もう二度と堅気の衆に迷惑をかけるんじゃねえぜ。もし、今度騒ぎを起こしたら、この鶴吉が容赦はしねえ。いいな」

「へい」

落ちている匕首を拾い、ふたりは一目散に逃げ出した。

ほんとうに芝居を観《み》ているような光景だった。

「皆さん。お騒がせして申し訳ありませんでした」

鶴吉が自分を取り囲んでいる大勢の者に向かって声を張り上げた。

佐平次親分に負けないぜ、という声がどこからか聞こえた。いや、佐平次親分より若いし、なんだか頼りがいがあるようだ。佐平次に鶴吉、岡っ引きも変わってきたものだ。

そんな声を聞きながら、三太は野次馬の輪から離れた。

しかし、脳裏に鶴吉の姿が焼きつき、野次馬のひとりの声が耳にこびりついていた。

ひょっとすると、佐平次親分より上かもしれないぜ。

冗談じゃねえ。うちの親分こそ日本一だと、三太は呟きながら人形町通りに入って来た。

すれ違った職人が薄気味悪そうに三太を振り向いた。

佐平次親分の家にやって来ると、おうめ婆さんが夕飯の支度をはじめていたが、まだ親分たちは帰って来ていなかった。

「おや、三太さん。なんだか興奮しているようね」

勝手口で何かを作っているおうめ婆さんがおかしそうにきいた。

「婆さんは知っているか」

「知っているかって何をだね」

「鶴吉って岡っ引きだ」

「今、評判らしいね。見たことはないけど。三太さん、会ったのかえ?」

「ああ、見て来た。たいへんな人気だったぜ」

三太はまた興奮してきた。

なにしろ、背後から襲いかかったならず者を鮮やかに投げ飛ばしたのだ。美貌に加えて、あの強さ。

「半端じゃねえんだ」

つい、三太は感心して言う。

「何が半端じゃねえんだ」

次助の声に、三太は飛び上がった。

「あ、いつ、帰って来たんですかえ」

「何だ、なにぼけっとしてたんだ?」

次助があきれたように言う。

「親分は?」

「外で女たちに摑まっている」

格子戸が開いて、佐平次親分の声がした。

「おかえりなさい」

三太は飛び出して行った。

「おう、三太。来ていたか」

佐平次は足を濯《すす》いでから部屋に上がった。

佐平次が着替え終えるのを待って、三太が口を開いた。

「親分。鶴吉って男に会ったことはありますかえ」

「鶴吉?『清水屋』で会ったが、それがどうした?」

「ここに来る途中、こんなことがあったんだ」

と、三太はさっきの出来事を身振り手振りを交えて話した。

佐平次親分は長火鉢の前にすわり、平助と次助は三太の横にいた。

「とにかく、大の男をふたりも簡単に投げ飛ばしてしまった。その鮮やかな手並みにあっしも度肝をぬかれた」

「てえした男らしいな、鶴吉ってのは」

佐平次が穏やかな顔で続ける。

「俺も現場で居合わせたが、なかなか頭のよい男だ。三太の話だと相当な腕前のようだな。こいつは、なかなかの岡っ引きだぜ」

三太は目を見張って、佐平次親分を見つめ、やがて、ぽんと手を叩《たた》いた。

「やっぱし、うちの親分の方が大物だ。鶴吉なんざあ目じゃねえ」

「三太。何を感心している?」

平助が笑った。

「いくら鶴吉がもの凄《すご》い奴か知りませんが、やはり佐平次親分の器のほうが大きいと感じ入ったんですよ」

あとから伸《の》してきた鶴吉を恐れるどころか、褒めている。肝っ玉の小さな人間に出来ることではない。

さすが、佐平次親分だと、三太は頼もしかった。

「そんなことより、そっちのほうはどうだったんだ?」

佐平次に問われ、三太は口調を変えた。

「きょう、富坂の屋敷に行ってみやした。出入りの商人に話を聞いたんですが、出入りの商人もすべて変えちまったようです」

「なに、出入りの商人まで新しくしたのか」

佐平次が意外そうにきいた。

「奥方の駆け落ちを知っている者をいっさい遠ざけたってことのようです」

「いくらなんでも、ちとやり過ぎのような気がするが。平助、どう思う?」

「へい。親分の仰《おつしや》るように、ちと神経質に思えますねえ。だって、側女《そばめ》をすぐに屋敷に引き入れているんですからねえ」

「そうだ、どうも、やることがわからねえな」

「三太」

平助が呼びかけた。

「やめさせられた奉公人を探して話を聞いてみるんだ。近くの屋敷の中間仲間にきけば、奉公人のことはわかるはずだ。それから、親戚筋から話を聞くのもいいかもしれねえ」

「平助の言うとおりだ。三太、もうしばらく探索を進めろ」

佐助はさも自分も同じ考えだったかのように言う。

「でも、押し込みのほうはどうですかえ。そっちを手伝わなくてもいいんですかえ」

「そのうち、手伝ってもらうときもくるだろうが、まだいい」

佐平次は貫禄を見せて言った。

「さあ、夕飯にしますよ。三太さんもお願いね」

おうめ婆さんを手伝うために、三太が立ち上がった。

四

その夜、おうめ婆さんが帰り、三太が引き上げたあと、佐助は黙りこくった。

さっきの三太の言葉が耳朶《じだ》に張りついている。

「いくら鶴吉がもの凄い奴か知りませんが、やはり佐平次親分の器のほうが大きいと感じ入ったんですよ」

違う。本心はとうてい鶴吉に敵《かな》わないと白旗を上げているのだ。

佐平次は平助、次助の助けがあってはじめて成り立つのである。つまり、佐助、平助、次助の三人があって、ひとりの佐平次親分が存在するのだ。

だが、鶴吉は違う。頭脳明晰《めいせき》であり、ならず者を投げ飛ばしたという三太の話からも、腕も立つ。

鶴吉ひとりで佐平次と同じ役割を果たせるのだ。同じような力量の岡っ引きと傍目《はため》から思われても、内実はまったく違うのだ。

ようするに、佐平次は偽りである。改めて、佐助は自分の無能さを思い知らされた。

弱虫で泣き虫の佐助はひとりでは何も出来ない。美貌だけが取り柄だ。だが、この美貌は老いれば跡形もなくなるかもしれない。が、それより、はるかに厳しい現実が目の前に起こったのだ。鶴吉も美しい顔の男だ。しかも、佐助にないものをたくさん持っている。

もう比べるまでもない。佐助など、鶴吉の足元にも及ばない。

鶴吉の評判は葭町の小染の耳にも届いていることだろう。小染が鶴吉に興味を持つかもしれない。いや、鶴吉とて小染を見れば……。前途に明かりの見えないくらやみの道に迷い込んだような気がする。

「佐助。どうした?」

「えっ」

驚いて、佐助は平助を見た。

「さっきからため息ばかりついているぜ」

平助が相変わらずぶすっとした顔つきで、

「鶴吉のことを考えているのか」

「いや、その……」

「鶴吉は鶴吉。佐平次は佐平次だ。他人に影響されるんじゃない」

「わかっているんだけど」

人に影響されず、我が道をいけばいい。そう頭ではわかっているが、どうしても鶴吉のことが頭に浮かんでしまう。

「もし、鶴吉に先を越されたら俺たちはどうなるんだろう」

「だから佐平次は佐平次だ」

「でも、世間の目は鶴吉に向いてしまうだろうな」

佐平次を演じての醍醐味《だいごみ》は皆から受ける尊敬の眼差《まなざ》しだ。特に、女たちからの熱い視線と黄色い声は自尊心を大いにくすぐった。

佐助は舞台に立つ役者のように拍手喝采を浴びてきたのだ。だが、これからは、その栄誉は鶴吉の手に移されるだろう。

それでもいいのだと、そこまで神経が図太くなれない。

「じゃあ、このまま尾っぽを丸めて逃げ出すのか」

次助がため息混じりに言う。

「だめだ。逃げたら負けだ」

珍しく、平助が力の籠《こ》もった声で言う。

「いいか。将来は三人で異国との交易の仕事をするのだ。そのとき、どんな困難が生じようと逃げることは許されない。今、逃げたら、堪《こら》え性のない男になってしまう」

「そうだ。平助兄いの言うとおりだ」

「それに、まだ負けたと決まったわけじゃねえ」

平助は虚空を睨《にら》み据えた。

ついこの間、卑怯な負け犬にはなりたくないと誓ったそばから、鶴吉の噂を聞くと、またも気弱になった。

なんて、俺は情けない男なのだと、佐助は自己嫌悪に陥った。

翌未明、格子戸を激しく叩く音に、佐助は目が覚めた。

やがて、格子戸の開く音がして、興奮した声が聞こえて来た。

「伊勢町の自身番からです。『但馬屋《たじまや》』に押し込みが入りやした。親分にお出ましを」

「わかった。すぐ行く」

平助の声だ。

佐助も飛び起きた。

「兄い。例の押し込みか」

「その可能性がある。おい、次助。おきろ。出かける」

平助は次助のふとんをはいだ。

寝ぼけ目《まなこ》で、次助は起き上がった。

「押し込みだ。行くぜ」

すでに、平助は着替え終えていた。

次助も帯をぐっと締め、着物の裾《すそ》をたくし上げた。

やっと、次助の着替えが済んで、佐助たちは外に飛び出した。

途中、おうめ婆さんと出会った。

「あれ、親分」

「事件だ」

そう言い捨て、佐助は伊勢町に向かった。

長谷川町から伊勢町までひとっ走りだが、土蔵造りの『但馬屋』に着いた頃には夜が明けてきて、屋根の上の足袋《たび》問屋『但馬屋』と書かれた大看板の文字が浮かんできた。

潜《くぐ》り戸を入ると、手代ふうの男がうろたえていた。

「案内してくれ」

佐助は手代に声をかけた。

「こちらです」

手代は緊張した声を出した。

なにしろ、『清水屋』のときもそうだったが、押し込み先が佐助の住む家にほど近い場所で起きているので、きょうも一番乗りだ。

蠟燭《ろうそく》の明かりに照らされ、黒光りした廊下を奥へ向かう。さきの『清水屋』に似たような造りの家だ。

部屋に入ると、主人らしき男が仰向けに倒れ、その横に番頭らしき男も死んでいた。

佐助と平助は主人の死体の前にしゃがみ込んだ。

例によって、佐助は目を閉ざしている。

「やはり、心の臓を一突き。同じ下手人だ」

次に、番頭のほうを見る。こっちは脾腹《ひばら》を刺されていた。

「この手口は別の奴の仕業だな」

平助が低い声で、佐助に教えた。

「主人が襲われたのに、番頭は気づいたのだろう。それで、この部屋にやって来て、犠牲になった。そんなところだろう」

佐助は番頭の亡骸《なきがら》を調べた。

手文庫の蓋が開いていた。いくら入っていたかはわからない。

「誰が死体を発見したのだ？」

佐助は町役人にきいた。

「はい、下男が裏口の戸が風でばたんばたんやっているのに気づいて、庭に出てみたそうです。閉めたはずなのにと不審を持って、母屋のほうに目をやると、雨戸が外れているのがわかったそうです」

「よし。その下男に会わせてくれ」

佐助たちは庭に下りた。

髭《ひげ》の濃い小肥りの下男が勝手口にいた。

「おまえさんかえ、異常を発見したのは」

佐助の呼びかけに、実直そうな下男は、

「はい。あっしは確かに戸を閉めたんです。それが開いていたのでびっくりしやあした」

と、信州訛《なま》りのある言葉で答えた。

「おまえさんに落ち度はない。賊は塀を乗り越えたんだ」

『清水屋』の押し込みと同じ賊であることは疑いようもない。庭の塀際には大きな樹こそないが、塀の上には忍び返しはついていないのだ。

塀に飛び移り、庭に入り込むのは、かの身軽な盗人《ぬすっと》にとってはたやすいことだったにちがいない。

玄関のほうで騒ぎ声がした。

いやな予感がし、佐助は覚えず顔をしかめそうになったが、町役人や奉公人たちの手前、かろうじて平常心を保った。

やがて、まるで幕が開き、役者が舞台に登場したかのように鶴吉がさっそうと現れた。

庭にいる佐助に気づくと、鶴吉は微かに笑った。それは冷笑のように思えた。

「佐平次親分。また、お邪魔します」

それは佐平次を立てているようだったが、敵愾《てきがい》心を燃やしているのがよくわかった。

「まあ、ゆっくり調べなせえ」

鷹揚《おうよう》に応じたが、佐助は鶴吉の存在感に圧倒されていた。

鶴吉の明晰な頭脳は先刻目《ま》のあたりにしているし、腕も立つらしい。まさに文武両道に優れた男と言える。平助と次助の庇護《ひご》のもとにある佐助とは雲泥の差なのだ。

くじけそうになる気持ちを奮い立たせたが、いつの間にか、周囲にいた町役人たちが鶴吉といっしょに移動して行ってしまった。

佐助は途方にくれた。自分の周囲に誰もいなくなってしまった現実に、唖然《あぜん》とした。

「行こう」

平助が耳元で囁いた。

『清水屋』のときと同じように、鶴吉に目が奪われ、誰も佐助を気にする者はなかった。いや、中には佐助のほうに目をくれて会釈した者もいたが、近寄って来ようとはせず、すぐに鶴吉のあとを追った。

『但馬屋』の外に出てから、佐助はちくしょうと半泣きになった。

「兄い。何だか悔しいぜ。あの野郎、俺のことを嘲笑《ちょうしょう》しやがった」

佐助は子どものように悔しがった。

「佐助。でんと構えてろ。おめえは天下の佐平次だ」

平助がなぐさめる。

「こうなったら、何がなんでも鶴吉より先に押し込みを捕まえるんだ」

次助も憤慨している。

「あわてるんじゃねえ。鶴吉を恐れる必要などねえ。佐助、今までどおり、佐平次らしく振る舞え。いいな」

「わかった」

「よし、きょうは向こう両国にいってみよう」

「向こう両国に何かあるのか」

気を取り直して、佐助がきく。

「あそこの見世物小屋にも軽業師が出ているそうだ。もちろん、現役の軽業師が押し込みの片棒を担ぐとは思えねえが、何か手掛かりが摑めるかもしれねえ」

平助は最後まで言い終えぬうちに歩き出していた。

佐助と次助もすぐに追いつく。

長い両国橋を渡って、向こう両国にやって来た。

先月の川開きから、隅田川にはたくさんの納涼船が繰り出している。

橋を渡り切った。東詰めも、掛け小屋や水茶屋などが並び、西詰めの広場にも負けないくらいに賑やかだ。

佐助は見世物小屋の前に立った。蛇娘の大きな絵看板が掲げられている。

番付に軽業師兵吉《へいきち》という名があった。

「佐平次親分。なにかお調べで」

木戸口の男が近寄ってきた。

「この兵吉って男に会いたいんだ。なあに、事件とは関係ねえ。ちと教えてもらいたいことがあるだけだ」

「じゃあ、楽屋口へ」

そう言って、男は筵《むしろ》をめくって中を見た。

「あっ、これから兵吉の出番ですぜ」

「そうか。じゃあ、ちょっと見せてもらおう」

「さあ、どうぞ」

平助は木戸銭を払った。とんでもねえ、こんなものもらえねえと言うのを、平助は相手の手のひらに押しつけた。

佐平次はあくまでも清廉潔白でなければならないのだ。

小屋に入ると、土間にかなりの客が入っていた。客は皆立ち見だ。

舞台では、水色の裁《た》っ着《つ》け袴《ばかま》の背の高い男がふたりと、小柄な男の三人が登場していた。

小柄な男が兵吉だろう。

ふたりの男が向かいあって互いの手を組み、手のひらを上にした。そこに兵吉が走って来て、組んだ手のひらにぽんと飛び乗り、片足をついた。

次の瞬間、兵吉が手のひらの上でとんぼを切った。その後、何度も回転を繰り返し、最後にふたりの男が組んだ手を思い切り上げると、兵吉は天井高く飛び、空中で一回転をして、再び元の手のひらに着地した。

「見事なものだ」

佐助もつい夢中になって手を叩いていた。

客席から、やんやの喝采を浴び、舞台の三人は張り切っていた。

「あれなら、簡単に塀を乗り越えられるな」

次助は興奮して言う。

その後、炎や刃物の間をすり抜ける芸などを演じて終わった。

佐助は楽屋に行った。

兵吉が上半身裸になって汗を拭いていた。

「疲れているところを邪魔するぜ」

振り返った兵吉は目を丸くして、

「これは佐平次親分」

と、体を拭く手を休めた。

「いいぜ、そのまま」

兵吉は二十七、八と思える小柄な男だった。

「親分さん。何かございましたか」

座頭と思える男が飛んで来た。

「いや。ちと兵吉さんに教えてもらいたいことがあるんだ」

「さいですか」

座頭は兵吉の顔を見た。

「あっしは構いませんぜ」

兵吉が答える。

「すまねえな。じつは、押し込みが立て続けに起きた。賊は忍び返しのついた塀を乗り越えている」

「軽業師だという疑いですかえ」

「いや。現役ではねえだろう。軽業師のなり損ないか、途中で道を外れた者など、誰か心当たりはないかえ」

「もし、そうなら許しちゃおけません。軽業師の面汚しだ」

兵吉は厳しい顔をした。

「いや。まだ、はっきりそうだとわかったわけじゃねえんだ。たとえば、素人《しろうと》で身の軽い奴が、さっき舞台で見せた芸をやろうとして出来るものかえ」

「いや。小さい頃からの稽古《けいこ》が必要です。にわかにやって出来るものじゃありやせん」

「そうだろうな」

「ただ、確かに、この稼業は出入りの激しいものでして、歳をとればそれだけ不利になり、若い者が出てくれば隅に追いやられます」

兵吉の言葉に、佐助は我が身を思い起こした。どの世界も同じだ。常に、新しい人間が出て来て古い人間を押しやっていく。だが、俺はまだそんな歳じゃねえ、と佐助は気を引き締めた。

「ですが、親分。いくら身が軽いからって、盗人に向いているかというと、そうはいきませんぜ」

「ほう、誰か、そんな人間がいたのかえ」

「へえ」

兵吉はちょっと迷ったが、

「以前、あっしと同じ一座にいた男が女のために身を持ち崩しやしてね。ついには盗人の道に走ってしまった。ところが、すぐに足がついた。そりゃ、そうですぜ。ふつうの人間が忍び込めそうにもないところで易々と盗みを働いたのですからね。すぐに軽業師が関係していると見抜かれ、やがて御用になっちまった。すぐ疑《うたぐ》られてしまうんですよ。軽業師なんて、何の潰しもききやしません」

「それは現役の軽業師のことだろうぜ」

脇から、平助が口をはさんだ。

「親分がきいていなさるのは、一人前になる前に軽業師をやめちまった者、あるいは江戸以外の者だ。何か耳にしていないか」

「へえ」

兵吉は小さくなって、

「じつは、十年ほど前、あっしが大坂のある親方のところで修業しているときの兄弟弟子で、源七《げんしち》っていう男がおりやした。この男、一座の金を持って逐電しちまったんですが、そいつに似た男を十日ほど前に見やした」

「なに、どこで見たんだ」

「客席です」

「客席？　ここのか」

「そうです。あっしは舞台を引っ込んでからすぐに客席を覗いたのですが、その男はあっしの芸が終わると、帰ってしまったんです」

「似ていました。十年前とあまし変わっていませんでした。あっしは源七だったと思っていやす」

「源七だと思うか」

「小屋の前を通りかかって、おめえの名を見つけて懐かしくなって、小屋に入ったのだろう。だが、おめえに合わす顔もなく、すぐ出て行った。そんなところか」

「そうだと思いやす。あっしは昔と同じ名前で出ておりやすから」

「源七の特徴は？」

「あっしと同い年で、あっしのような体型でした」

兵吉は撫《な》で肩で小柄。

「顔つきは？」

「おでこが異様に広く突き出ておりやした。じつは、そのおでこを見れば、源七だとすぐわかりやす。それから、左眉の横に小さな切り傷の跡が残っておりやす。稽古で失敗してつけた傷です」

源七の特徴を聞いたあと、ふと平助がきいた。

「岡っ引きの鶴吉親分はここに顔を出したかえ」

「いえ、どなたもお見えじゃありません」

「源七を知っている者は、この江戸におまえさん以外にいると思うかえ」

「さあ、どうでしょうか。なんとも言えませんが、いないんじゃないでしょうか」

「そうかえ。邪魔したな」

ちょうど舞台では、三味線と太鼓の音が大きくなっていた。

掛け小屋を出てから、

「源七という男、怪しいんじゃねえか」

佐助は周囲にひとがいないのを確かめてから、平助にきいた。

「おそらく、源七は最近になって江戸に出て来たに違いねえ。もし、以前からいるなら、とうに兵吉の舞台を見ているはずだ」

「鶴吉の先に立ったな」

佐助は含み笑いをした。

「なぜ、鶴吉はここにやって来ないのか」

平助が言い出したのが唐突に思えた。

「兄い。どうしたんだ。どうしてさっきから鶴吉のことを気にするんだ」

「鶴吉も、軽業師を頭に描いた。だったら、江戸中の軽業師を当たるのが自然だ。それをしているようには思えねえ。なぜだ」

その疑問は自分自身に向けているようだった。

「他に何があるのだ」

平助は怖い顔をして腕組みをした。

他に何があるのだというのは、他の手掛かりという意味だろう。珍しい平助の焦りにも似た呟きに、佐助は言い知れぬ不安に襲われた。

改めて、鶴吉の凄さに触れた思いがした。

「わからねえ」

また、平助が首を傾げた。

五

その日の朝、三太は旗本富坂惣右衛門の屋敷の前まで来た。そして、その辺りをぶらぶらしながら、近くの旗本屋敷の門が開くのを待った。

案外とこの道は人通りがなかった。

昼頃になって、隣の屋敷から中間ふうの男が出て来た。すぐに近づき、三太はその男に声をかけた。

「もし、お訊《たず》ねしやす」

「なんだ、おめえは？」

目を細めて見返した。骨太の体つきで、いかつい顔をした男だ。

「あっしは富坂さまのところの、ある中間にお借りしたお金を返しにあがったのですが、奉公をやめたと聞いてびっくりしやした。今、どこにいるかご存じじゃございませんか」

「なんという中間だ？」

「えっと、名前は……」

適当な名前を口にしようとしたが思い浮かばない。

「目当ての男かどうか知らねえが、安吉《やすきち》って中間なら、今でも毘沙門裏の『呑兵衛《のんべえ》』という居酒屋によく顔を出しているぜ」

屋敷を抜け出して呑みに来る付近の中間たちの溜《た》まり場になっているらしい。

「そうです。安吉ってひとです」

だが、夜にならないと集まらないというので、三太はその前に、富坂惣右衛門の叔父《おじ》という市《いち》ケ谷《や》の石渡金右衛門《いしわたりきんえもん》の屋敷に向かった。

別にどうのこうのというのではない。そこに行っても、富坂家の内情を教えてくれるとは思っていない。ただ、親戚に当たるのであれば、念のために、その屋敷を見ておこうと思っただけだ。どんなことで、関わりになるかもしれないのだ。

外堀沿いを南に行けば、四半刻（三十分）も掛からずに市ケ谷御門に差しかかり、そこから左内坂を下る。途中、辻番《つじばん》で訊ねて、ようやく石渡金右衛門の屋敷に辿《たど》り着いた。すぐ向こうに尾張家の広大な屋敷があった。

三太はあてもなく、ただ屋敷の前を往復しただけだ。誰も出て来る気配はなかった。

夕方になって、神楽坂に戻り、毘沙門裏にある『呑兵衛』の玉暖簾を潜った。

赤い襷《たすき》にかすりの着物の若い女が、いらっしゃいませと明るい声で迎えた。

客は二組、奥にふたり連れととばロにひとりの男がいた。中間ふうの男だ。それが、安吉かどうかわからない。

場所柄か、侍屋敷の奉公人が多いようだ。

注文をとりに来た娘に酒と簡単なつまみを注文したあと、

「ここに安吉さんというひとが来るって聞いたんだが」

と、声を落としてきいた。万が一、向こうで呑んでいる男が安吉だったことを慮《おもんぱか》ったのだ。

娘は頷いたが、

「近頃、お見えじゃありませんよ」

と、丸い目を向けて答えた。

「来ない？」

やはり、屋敷をやめさせられてから来なくなったのか。がっかりしたが、すぐに気持ちを切り換え、

「安吉さんと仲のよいひとは来るだろう」

「はい。いらっしゃいます」

「来たら教えてくれないか」

「わかりました」

不審そうな目をして、娘は去って行った。

安吉は口入れ屋で次の仕事を探しているのか。あるいは、もう見つけたか。

徳利が運ばれて来て、三太は手酌で酒を呑み始めた。祖父助三の血を引いているのか、三太は酒が強い。

客が続々入って来て、だんだん飯台《はんだい》も埋まっていく。

今度は三人連れの男が玉暖簾をぐって入って来た。いらっしゃいませという娘の元気な声が響いた。

職人ふうの三人だ。三太は尾久村で助けてくれた三人連れを思い出した。

もし、あの三人が現れなかったら、三太はかなり衰弱するまで結わかれたままでいただろう。いや、へたをすれば死んでいたかもしれない。

命の恩人だ。おまけに帰るために幾許《いくばく》かの金子《きんす》まで置いていってくれたのだ。

町中を歩きながら、ふとしたときに、あの三人の男を探している自分に気づいている。

このままでは、落ち着かない。会って礼が言いたいのだ。

三太の目の前にいかつい顔の男が腰を下ろした。いつの間にか客でいっぱいになっていた。

三太は通りかかった娘を呼び止め、

「安吉さんの知り合いは来ていないか」

と、訊ねた。

あっ、と声を上げたところをみると、忘れていたらしい。

娘は辺りを見回し、

「今夜は来てないみたいです」

と答えて、向こうから呼ばれて忙しそうに離れて行った。

ちっと舌打ちしたとき、目の前の男が口を開いた。

「おめえ、安吉に用があるのかえ」

「安吉さんをご存じで？」

三太は徳利を摑んだが空だった。おい、姐《ねえ》さん。酒だ。三太は大声で言ってから、目の前のいかつい男の顔を見た。

「知らねえこともねえが」

「ほんとうか。富坂の屋敷をお払い箱になったと聞いて、途方に暮れていたんだ。ちと会いたいんだ。どこに行けば会えるか教えちゃくれねえか」

「どんな用があるんだ？」

「ひと月ほど前、世話になったんだ。その礼がしたいんだ」

相手は疑わしそうな目を向けた。

そこに、新しい徳利が運ばれて来たので、

「さあ、兄い。やってくれ」

と、三太は徳利をつまんだ。

相手も黙って猪口《ちょこ》を差し出した。

「兄いは安吉さんと知り合いで？」

「たまに賭場《とば》でいっしょになる」

「賭場ですかえ」

「安吉は渡り中間だ。今は、小石川のほうの屋敷に奉公に上がっているらしい」

「なんて言うお屋敷で？」

「そいつは聞いちゃいねえ。この前、偶然に町中で出会ったら、そう言っていただけだ」

「お屋敷の名前を知ることは出来ませんかえ」

「口入れ屋に当たってみることだ」

「口入れ屋はどこですかえ」

「本郷の『大和屋』だ」

「兄い。すまねえ、助かった」

「安吉に会ったら、たまには賭場に顔を出せと言っておいてくれ」

「へい」

安吉への手掛かりを得て、三太は勇躍して店を出た。

もう五つ（八時）をまわっていた。

三太は神楽坂から急ぎ足で帰途についた。

町木戸の閉まるまでにあと四半刻（三十分）あまりを残し、三太は亀井町の雨漏り長屋に帰って来た。

木戸を入ると、三太はとたんに緊張する。いつものことだ。祖父が倒れ、長屋中が大騒ぎになっているのではないか。

長屋の路地は静かだったのでほっとした。だが、今度は腰高障子を開けるまでは胸が塞《ふさ》がれそうになる。

静かに戸を開け、

「じいちゃん。帰ったぜ」

と、暗い部屋に向かって声をかけた。

「おう、帰ったか」

助三の声がした。

その声を聞いて、三太はほっとした。ああ、無事だったという安堵《あんど》のため息だ。

祖父の助三は心の臓を患い、寝たきりだった。ある日、家に帰ると、助三が死んでいた。

そんな妄想に常にかられるのだ。

「三太。腹はだいじょうぶか」

「食った。じいちゃんは食べたか」

「ああ、食べた」

助三はそう言うが、薄暗い行灯の明かりに映し出された枕元《まくらもと》の皿には食べ物が残っていた。

あまり食べていないようだ。

「三太」

助三が呼んだ。

「なんだ、じいちゃん」

足を濯いでから、三太は助三の枕元に座った。

「佐平次親分の足を引っ張るような真似《まね》はしちゃいないだろうな」

「もちろんだ。俺だって、結構頑張っているんだぜ」

「そうか。よかった」

「じいちゃん、薬は飲んだか」

「飲んだ」

三太は助三の横にふとんを敷いて横になった。

「すまねえな。こんな足手まといがいて」

「じいちゃん。何を言うんだ。もう、そんなこと言ってくれるな。じいちゃんがいてくれるだけで、俺は心強いんだ」

「おめえも堅気になってくれた。それも佐平次親分の手下だ。俺は安心したぜ。もう、いつお迎えが来ても心残りはねえ」

「じいちゃん。俺、怒るぜ。いつまでも傍にいてくんなきゃ困る」

助三から返事はなかった。

翌朝、いつものように助三のことを隣のかみさんに頼み、三太は長谷川町の佐平次親分の家に走った。

棒手振《ぼてふ》りと行き交う。法被《はっぴ》を着た男が大工道具を持って前を行く。通いの番頭らしい男が通油《とおりあぶら》町の角を曲がって行った。

人形町通りは朝の喧騒《けんそう》の中にあった。三太は足を急がせた。

佐平次の家の前に横町の隠居がいた。頭髪の薄い隠居が格子戸の前で行ったり来たりしている。中に入るのをためらっているようだ。

「ご隠居さん。どうなすった?」

三太は声をかけた。

「おや、おまえさんは?」

逆に隠居がきき返した。

「佐平次の子分の三太ですよ」

「そうだ、そうだ。三太だ」

隠居は思い出したように何度も頷いている。

「ご隠居さん。どうしたんですね。中に入らないんですかえ」

「そうなんだが」

頑固そうな顔に戸惑いを見せた。

「何かありましたね」

三太は察した。

「いや。そうじゃねえんだが。おい、三太、こっちへ来い」

いきなり、隠居は三太の袖《そで》を引っ張った。

連れて行かれたのは近くの三光稲荷《さんこういなり》の境内で、隠居はひとのいないのを確かめてから、

「おまえさん、鶴吉って岡っ引きを知っているか」

と、食いつきそうな形相《ぎょうそう》になった。

「鶴吉親分ですかえ。ええ、知ってますけど。それが何か」

「何かではないわ。ゆうべ、柳橋に行ったら、鶴吉の話で持ちきりだ」

この隠居は、若い頃から呑む、打つ、買うの道楽をさんざんし尽くしてきた。今でも柳橋の船宿や料理屋で遊んでいるらしい。

「巷《ちまた》の噂じゃ、佐平次と鶴吉はどっちが上だとか、下だとか喧《かまびす》しい。鶴吉もまれに見るいい男だそうじゃないか」

「へえ、そうです」

「見たことあるのか」

「へえ、見ました」

「そんなにいい男か」

「確かに」

「佐平次親分とどうだ?」

「さあ」

「さあとは何だ。どっちなんだ」

「うちの親分に負けねえくれえ、よい男です」

「そのふたりが、今、ある事件をめぐって競い合っているそうじゃねえか」

「えっ、競い合っているって?」

「そうだ。押し込み事件を佐平次と鶴吉のどっちが解決させるか競うことになったと」

「そ、そんな噂になっているんですかえ」

「なに、知らないのか。あちこちで評判になっている。嘘《うそ》だと思うなら、ひとの集まるところに行ってみろ」

「知りやせんでした」

「いいか。あんなに噂が立ったんじゃ、もし、後れをとって、鶴吉に名をなさしめたら、佐平次親分の名が廃《すた》る。威すわけじゃねえが、人気は凋落《ちょうらく》だ。おまえさんから、鶴吉に負けるんじゃねえと言っておくれ」

「あの、ご隠居さんの口から」

「ばかやろう。それは子分の仕事だ」

勝手な理屈をこねて、隠居はいやな役割を押しつけた。

三太は隠居の言葉に衝撃を受けた。

まさか、親分がそんな大変なことになっているとは知らなかった。親分の手伝いをせず、富坂惣右衛門のほうにばかりかかずらっていた自分に腹を立てた。

「鶴吉に負けるようなことがあったら、俺も世間をおおっぴらに歩けなくなる」

隠居が唇をひん曲げた。

「ご隠居。ひょっとして、そのことで言い合いになったんじゃ……」

「そうだ。佐平次が負けたら、俺は坊主になって、赤い襦袢《ジュバン》姿で町を歩き回らなきゃならねえんだ」

どうやら鶴吉派と佐平次派に分かれて言い合いになったようだ。佐平次派の先鋒《せんぽう》がこの隠居だ。

大見得を切った手前、佐平次にどうしても勝ってもらわねばならない。それで、佐平次親分に気合をいれようとやって来たが、家に入れず、迷っていたところだったのだ。

「三太。親分にしっかりと伝えてくれ。いいな」

「へい、承知しやした」

三太は隠居と別れ、佐平次の家に入った。

居間に行くと、朝飯を食べ終えた佐平次が長火鉢の前で茶をすすっていた。

「親分。おはようございます」

三太は元気よく挨拶する。

「三太。今、外にいたのはご隠居さんじゃなかったのかえ」

佐平次に先に訊ねられたので、

「へい。そうです」

と、三太は膝《ひざ》を進めた。

「親分。隠居はゆうべ、柳橋の船宿でやりあったってことでした。じつは、こういうわけでして」

三太は隠居から聞いたことをつぶさに話した。

「おう、三太。いい加減なことを言うと承知しねえぜ」

次助が横合いから口をはさんだ。

「いい加減な話じゃねえ。ご隠居の話じゃ、世間はその噂でもちきりらしい」

「おおかた、押田敬四郎か松五郎が、あちこちで言いふらしているのだろう」

平助が書物から顔を上げた。

「ご隠居が、鶴吉に負けねえようにくれぐれも親分に伝えてくれと」

「ちっ。見世物じゃねえ」

次助が不快そうに顔を歪めた。

「親分。すまねえ。こんな大事なときに、手伝わなくて」

「気にするな」

佐平次は鷹揚に言う。

「何か手掛かりでも摑んだんで」

さすが、親分だと、佐平次の余裕のある顔に、三太は気持ちが弾んだ。

「まだ、はっきりわからねえが、軽業師崩れの男がいる。源七という名だ。まあ、三太も、

道端でその源七に注意を払ってみてくれ。小柄の細身、おでこが広くて少し突き出ている
らしい。左眉の端に傷があるってことだ」

「おでこが広い……」

「どうした、三太」

「いえ」

あわてて、三太は首を横に振り、

「あっしもそんな顔の男に気をつけておきやす」

そう答えたものの、胸の辺りに何か重たいものを押しつけられたような圧迫を覚えた。

「それより、どうだ、そっちは」

「へえ。暇を出された安吉って中間が本郷の口入れ屋の紹介で、どこかの屋敷に奉公に上
がったらしいんで。今日は、その口入れ屋に当たって安吉の奉公先を突き止め、出来たら
安吉に近づいてみようかと」

動揺を悟られないように、三太は元気に答える。

「そうか。まあ、おめえはそっちをしっかりやってくれ。何かあるに違いねえからな」

見事なぐらい、佐平次は落ち着いていた。

「親分」

三太は声をかけた。

「なんだ」

「何か調べておくことがあれば言ってくだせえ」

「そのときが来たら、おめえにも手伝ってもらう」

「へい」

一足先に外に出た三太だが、心が重く、足が素直に動かなかった。

押し込みの一味は最低でも三人だという。まさかと思うが、気になるのは、軽業師の源七という男の特徴だ。

おでこが広く、少し突き出ている。小柄な男。尾久村で、俺を助けてくれた、あの三人の内のひとりに特徴が似ているのだ。いや、確か、眉の横に傷があったような気もする。堅気とは思えなかった三人だが、押し込みをする男たちとは思いたくなかった。そのことに不安を覚えたのだが、今心を重くしているのは、佐平次親分に助けてくれた男のことを言い出せなかったことだ。

今からでも引き返して知らせるか。

なにしろ、好むと好まざるとに拘わらず、親分は鶴吉との競い合いに巻き込まれてしまっているのだ。

親分のためにも、鶴吉に勝たせちゃならねえ。それなら、すぐに尾久村のことを告げなければならないのだが、なぜか口に出なかった。

押し込みが、あの三人であって欲しくないという願望があったからだ。

三太は覚えず天を仰いだ。入道雲が浮かび、きょうも暑くなりそうだった。

六

三太が出かけて行ったあと、おうめ婆さんから切り火を受けて、佐助は表に出た。

前方の屋根の上に、入道雲がでんと構えていた。

家を出ると、いつもは右に向かうのだが、きょうは左手、すなわち南に向かった。

人形町通りの賑わいを抜けて、葭町のほうに曲がり、親父橋の手前を小網町のほうに曲がった。

鎧河岸《よろいのかし》に差しかかったとき、人気がないのを確かめて、平助が言った。

「三太の野郎、何か隠しているな」

「隠している？」

佐助は意外に思ってきいた。

「軽業師崩れの源七のことだ。奴は、その特徴に心当たりがあるんじゃねえのか」

「じゃあ、なぜ、言わなかったんだ」

佐助は訝しんできいた。

「言えなかったんだろう」

「えっ」

「おそらく、尾久村で三太を助けた三人の内のひとりに源七の特徴が似ていたんだ」

「それで言い出せなかったのか」

三太の性格ならあり得ると、佐助は思った。

「今頃、そのことで、悩んでいるはずだ」

「ばかな野郎だな」

次助が呆れ返って言う。

「すると、どういうことになるんだ。あの押し込みがその三人組だとしたら」

佐助は平助の頬骨の突き出た顔を見た。

「そうだ。江戸にやって来て間のないうちに押し込みを働いたことになる。江戸に不案内な者じゃ無理だ」

「じゃあ、三人はもともと江戸の人間か」

「そうかもしれねえが、そうじゃねえかもしれねえ」

「そうじゃないって言うと？」

「江戸に仲間がいたってことだ」

「すると、押し込みは四人……」

「その可能性もある」

船着場に近づき、荷を下ろしている人足たちの姿を見て、話を中断した。

船番所を目の端に、永代橋《えいたい》に向かった。

首のまわりに汗が滲んできた。

橋を渡ると、潮の香りがぷんと漂った。かなたに海が見え、さらに向こうには小さく富士の山が浮かんでいた。

「兄い。ほんとうに源七が押し込みの仲間なのだろうか」

目を戻し、佐助はきいた。

「なんとも言えねえが、俺は当たりだと思えてならねえ。軽業師の兵吉が源七に似た男を見かけたのは向こう両国の掛け小屋だ」

尾久村の三人は中山道を外れ尾久村にやって来た可能性が高い。そのほうが目的の場所に便利だからではないか。

つまり、隅田川を渡った本所・深川辺りに、三人は根城を構えている可能性がある。源七に似た男も、本所・深川辺りに住んでいるに違いない。

平助はそう言った。

「そうだとすると、やはり、源七が怪しいな」

そう言ったあとで、佐助はふと呟いた。

「鶴吉は源七に気づいていないようだけど……」

平助が言ったように、なぜ鶴吉は軽業師を調べようとしなかったのか。俺たちのほうが、鶴吉よりも一歩も二歩も先を行っているように思える。

世間の噂とは違い、鶴吉はこの事件にそれほど熱心でもないのかもしれない。

この日、佐助たちが深川の岡場所をまわろうとしたのは、押し込みの連中の根城は本所、深川であり、遊ぶとすればその辺りであろうと見当をつけてのことだった。それにやみくもに不審な男を探そうとしているのではない。源七という男の持徴をもとにきいてまわった。

もちろん、源七が事件と無関係だった場合には空振りだが、平助の鋭い勘に間違いはないと、佐助は信じているのだ。

永代橋を渡り、門前仲町に向かう。

一の鳥居を潜って行くと、人通りが多くなり、目敏《めざと》く見つけた娘たちが、佐平次親分よと囁き、熱い視線を送って来るのがわかる。

佐助はいい気分で会釈をしながら、花道を行くがごとくに仲町の花街にやって来た。

が、そこで、佐助は浮き立った気持ちに水を差された。

女たちのきゃっきゃいう黄色い声が前方の人だかりからしていた。いってえ、何の騒ぎだと、訝しんで眺めたとき、一群れが割れて現れたのは鶴吉だった。

睫《まつ》毛が長く、切れ長の目は艶《なまめ》かしい。昔、稚児だったとかいう噂を思い出し、佐助はそんな妖《あや》しい雰囲気を感じ取った。

鶴吉が人相のよくない子分を引き連れ、佐助のそばまでやって来た。

「佐平次親分とこんな所で出会うとは思いがけないことですねえ」

冷笑のように歪めた唇も女のように赤い。

「鶴吉。ご苦労だな」

内心の動揺を隠して、佐助は鷹揚に言う。

大勢の人間が周囲に集まっているはずなのに、妙に静まり返っている。皆固唾を呑んで、鶴吉と佐平次の出会いを見つめているようだった。

いや、何も聞こえないのは佐助の心の臓の鼓動が耳を圧迫し、外界の音を遮断しているからかもしれない。

「佐平次親分。あっしのあとでよけりゃ、この界隈《かいわい》を調べておくんなせえよ」

そう言いながら、鶴吉が佐助の脇をすり抜けて行った。

端からは、佐助は悠然と構えていると見えるかもしれない。だが、内実は佐助は年下の鶴吉に圧倒されていた。

なにしろ、鶴吉は頭もよく、腕も立つのだ。見かけ倒しの佐助とは大違いなのだ。そのことを知っているので、鶴吉の前では猫に睨まれた鼠《ねずみ》同然だった。

鶴吉は流し目で佐助を見、口許に冷笑を浮かべて横をすり抜けて行った。と、そのとき、次助が丸めて結わいた手拭いの玉を、素早く鶴吉の背中に投げつけた。

勢いよく飛んで行った手拭いの玉がまさに鶴吉の背中に命中しようとしたとき、さっと鶴吉は振り返って手でそれを摑んだ。

その見事な動きに、佐助は呆然《ぼうぜん》とした。

鶴吉は手拭いの結び目を解き、次助のほうにつかつかと寄り、呆気に取られている次助に黙って手拭いを返した。

踵を返した鶴吉は何事もなかったかのように一の鳥居のほうに向かって去って行った。

「鶴吉親分」

芝居小屋の大向こうさながら、野次馬から声がかかった。

佐助は呆然と鶴吉を見送った。俺は敵わない。俺とは出来が違うのだと、素直に認めざるを得なかった。

ぞろぞろ、野次馬たちが鶴吉のあとについて行き、佐助の周辺は疎《まば》らにひとが残っただけだった。

「佐助。行くぜ」

平助が耳元で囁いたが、佐助は生返事を返すのが精一杯だった。

第三章　竜虎の対決

一

七月に入って間もない日。まだ、未明だ。

現場に足を踏み入れ、佐助は覚えず目を瞑《つむ》った。

質屋『飯倉屋』の主人徳兵衛《とくべえ》と妻女が折り重なるようにして死んでいた。平助が死体を検《あらた》める。

「心の臓を一突き。同じ下手人だ」

平助が低い声で言う。

庭に下りた。やはり、忍び返しのついた塀の内側に松の樹《き》の枝が塀の外に向かって伸びていた。

ここは日本橋久松町、長谷川町とは目と鼻の間だ。

平助が呻《うめ》くような声を出した。

「間違いねえ。こいつは佐平次への挑戦だ」

「えっ、なんだって」

佐助はいやな臭《にお》いを嗅《か》いだような気がした。

「大伝馬町、伊勢町、そして、今度は久松町だ。押し込みは、狙《ねら》い済ましたように俺たちの家がある長谷川町周辺で起きている」

「言われてみれば、そうだ」

佐助は喉《のど》に引っかかったような声を出した。

「わからねえ。佐平次の評判を聞いてのことか。あるいは、源七ら三人の中に、これまでに佐平次にお縄になった盗人の身内がいるのか」

その復讐《ふくしゅう》のつもりなのかと、平助が言う。

自身番の者が近寄って来たので、佐助が口をつぐんだ。

「親分さん。皆、集まってもらっておりますが」

「わかった。すぐ、行こう」

広間には倅《せがれ》夫婦に番頭、手代、それに女中、下男など、『飯倉屋』の全員が集まっていた。皆、虚《うつ》ろな目をしている。

「死体を発見したのは誰だえ」

一同を見渡してから、佐助はきいた。

「私でございます」

色白の三十ぐらいの男が口を開いた。

「おまえさんは?」

「倅の徳太郎《とくたろう》でございます」

うむと、佐助は頷《うなず》き、

「そのときの様子を話してくれ」

と、先を促した。

「はい。真夜中に、犬の鳴き声で目が覚めました。いやに、近くに聞こえたので、気になって庭に出てみました。そしたら、庭に犬が入り込んでいたのです」

徳太郎は溢《あふ》れ出た涙を拭《ふ》いた。悲しみをこらえきれなかったようだ。両親を一度に殺され、向こうの座敷にその亡骸《なきがら》は置き去りにされている。

検死与力が来るまで、亡骸を動かせないのだ。

「裏口の戸が開いていました。犬を追い出したあと、不審に思い、おとっつあんの寝間のほうまで庭をまわってみて、雨戸が外されているのを見つけたのです」

徳太郎はそこで声を詰まらせた。

「私の悲鳴に驚いて、番頭さんが駆けつけてくれました」

横に並んでいた年配の男が頷いた。番頭のようだ。

「で、いくら盗まれたかわかるか」

「はい。手文庫にいつも入れている十両がなくなっておりました」

「十両だけか」

佐助は徳太郎から番頭に目をくれた。

「はい。土蔵の鍵《かぎ》は無事でした」

番頭が答えた。

表が騒々しくなった。誰か到着したらしい。

「すまねえが、皆、もうしばらくこのまま待っていてくれ」

そう言ってから、佐助は廊下に出た。

井原伊十郎がやって来たのだ。

「おう、佐平次。どうだ？」

「同じ連中の仕業に間違いありやせん」

佐助が深刻な顔で答える。

「そうか」

つられたように、伊十郎も顔をしかめた。

「家の者を待たせてありやすが」

佐助はさっき倅徳太郎から聞いたことを話した。

「もう、きくこともあるめえ。いちおう、死体を見てみる」

伊十郎は奥の部屋に向かった。

佐助もついて行く。

ざっと死体を見てから、

「まったく、同じ手口だな」

と、伊十郎はすぐに死体から離れた。

「念のために、庭を見てみるか」

佐助は伊十郎といっしょに庭に出た。東の空が明るくなっていた。きょうも、忙しい一日がはじまるのだ。

夜明けの明るさは体の底から英気を醸し出してくれるものだが、きょうは気持ちが弾まない。朝っぱらから、死体を見たせいだけではなかった。

さっきの平助の言葉が胸に突き刺さっているのだ。

「こいつは佐平次への挑戦だ」

佐助たちの住まいの周辺で押し込みを働いた。これは偶然とは思えない。明らかに、佐平次を意識してのことだと思わざるを得ない。

これまで、佐平次がお縄にした悪人たちを思い出してみた。地獄小僧と呼ばれた凶悪な押し込みからはじまり、何人もの極悪人を獄門台に送ってきた。

源七ら三人はその一味の残党なのだろうか。仲間の恨みを晴らそうとして、わざと佐平次の近くで押し込みを働いているのか。

納豆や豆腐売りなどが天秤棒《てんびんぼう》を担いで長屋の路地に入って行く。

『飯倉屋』の裏にまわり、賊が乗り越えたと思われる塀の下にやって来た。『飯倉屋』の古い土蔵の壁が見える。

平助は土蔵の薄汚れた壁をじっと睨《にら》んでいた。目に険しい色が浮かんだのを見て、

「兄い。何か気づいたのか」

と、佐助はきいた。

平助は黙ったまま、白壁を見つめている。

平助の視線の先を追った。そこは土蔵の小窓だった。他に、特に気になるようなものはなかった。

「兄い。どうしたんだ?」

佐助は不審に思ってきいた。

「なぜだ。なぜ……」

平助はぽつりと呟《つぶや》いた。

「兄い。何が、なぜなんだ」

「土蔵だ」

「土蔵?」

「これまでにも賊が奪ったのは主人の手文庫にあった銭だけだ。三度の押し込みで奪ったのは百両にも満たない。なぜ、土蔵の中身を狙わなかったのか」

「鍵を出させようとしたけど抵抗されたんじゃないのか。それで、殺した」

「いや。あの殺しは犯人が顔を見られたからだが、それは残虐な性癖の持主であることを示しているに過ぎない」

路地から表通りに出たとき、ひとだかりが近づいて来た。その中に、鶴吉がいた。

鶴吉を一目見ようと、近所のひとが出て来たのだ。

「てえした人気だ」

佐助は嫉妬《しっと》を抑えて言った。

やがて、鶴吉は『飯倉屋』の前にやって来て、佐助の顔を見つけると、

「佐平次親分。すまねえ、現場を見せてもらいやすぜ」

と言い、流し目を向けた。

「構わないぜ。存分に調べてくれ」

佐助は先輩の貫禄《かんろく》を見せて言う。

いつの間にか、周囲が野次馬でいっぱいになっていた。天下の美貌《びぼう》の岡っ引きふたりが顔を突き合わせているのだ。鶴吉親分、佐平次親分と、どこからともなく声が掛かる。

鶴吉は『飯倉屋』に入って行った。

佐助がその場から立ち去ろうとしたとき、ふと野次馬の中にいた遊び人ふうの男と目が合った。その男はあわてて目を逸《そ》らした。

三十前後の目の細い男だった。その男に、平助も気づいたようだった。遊び人ふうの男はそのまま踵《きびす》を返した。

「あの男を追うんだ」

小声で言い、平助は男のあとを追った。佐助もすぐに続く。

「佐平次親分。鶴吉親分に負けないでくださいよ」

という声がどこからともなく掛かった。

やはり、皆、佐平次と鶴吉の手柄争いに興味を持っているのだと思った。

男は浜町堀に出て、橋を渡り、高砂町の通りに入った。

佐助が橋を渡ったときには、もう男の姿はどこにもなかった。

「見失った」

佐助は舌打ちした。

二

また押し込みがあったことを知り、三太はよほど安吉に会いに行くのをやめて、佐平次親分に手を貸そうかと思った。

瓦版《かわらばん》でも、三度の押し込みをめぐっての、佐平次と鶴吉との競い合いを面白おかしく書き立てていた。

これまで、佐平次に嫉妬を覚えていた町の男連中が、あとから出て来た鶴吉に肩入れをしているようだ。

また佐平次贔屓《びいき》の女たちでさえも、鶴吉の新鮮さに心を奪われているようだった。

これで、鶴吉に先を越されたらと思うと、三太は気が気ではなかった。

だから、きょうの昼間、本郷三丁目の口入れ屋で、安吉の新しい奉公先が小石川であることを聞き出したものの、会いに行くのは気が重かった。

俺が手伝ったからって、どれほどの役に立つかわからない。だが、尾久村の三人の内のひとりが押し込み一味の可能性があることを告げただけでも、今後の捜索に大いに役に立つはずだ。

小石川の途中まで行きかけたが、白山権現の近くから道を千駄木のほうに折れ、谷中の天王寺脇から西に足を向け、道灌山を通って田圃《たんぼ》の中の道を尾久村までやって来た。

その頃には陽は中天から大きく傾いていた。

例の廃寺にやって来た。あのときとまったく変わらぬ荒れ果てた本堂が迎えてくれた。剝《は》がれた板塀も同じだ。

蟬《せみ》の声が喧《かまびす》しい。が、考えに没頭しているうちに、蟬の声が消えていった。鳴き止《や》んだのではなく、意識に入らなくなっていたのだ。

あの三人はここから江戸に入ったはずだ。

大きく深呼吸をし、下腹に力を入れてから、三太は川沿いを下った。途中、道は川から遠ざかったが、再び川べりに出た。千住大橋が目の前に見えた。

あの連中は朝早く出立したのだ。だから、千住宿に泊まったとは思えない。

三太は小塚原から仕置場の前に差しかかった。

幸い獄門台に晒《さら》されている首はなかった。この地には引廻しの上、獄門になった者や死罪になった者の骨がここに埋まっているのだ。祖父助三の仲間だった掏摸《すり》が何人も千住回《え》向院《こういん》の土に眠っている。

「畳の上で死ねるだけでも、俺は幸せだ」

この言葉は助三の口癖のようになっている。

仕置場を過ぎ、山谷町に入ると、吉原に向かう曲がり角に出た。時間的にみて、あの三人は吉原へは向かわなかったはずだ。

さらに足を進め、今戸から花川戸を通り、大川橋の袂《たもと》に出た。右に行けば、雷門前を通って田原町、真《ま》っ直《す》ぐ行けば、駒形町から蔵前。

兵吉がおでこの広い源七という男を見たのは向こう両国だ。すると、源七は吾妻《あづま》橋を渡って本所方面に向かった可能性が高い。

三太は迷わず吾妻橋を渡った。

涼しい風が汗ばんだ首筋に心地よい。川にたくさんの涼み船が出ている。

橋を渡り切ったあと、三太は迷った。あの三人がここまで来たのは間違いないように思えるが、このあとどこへ向かったか。

枕橋の近くに自身番があった。三太は念のためにそこに行った。

番人が胡乱《うろん》げな目を向けていた。

「あっしは長谷川町の佐平次親分の手の者で三太と申しやす」

「なに、佐平次親分の？」

番人の顔つきが変わった。やはり、佐平次親分の名はここまで轟《とどろ》いているようだった。

「もうひと月近くなりますが、この前を旅姿で道中差しの三人の男が通りませんでしたでしょうか」

「いや。覚えはないな」

背後にいた若い番人も否定した。

「そうですかえ。どうも、お邪魔しやした」

次に竹町の渡し場の近くにある辻番《つじばん》小屋にもきいてみたが、答えは同じだった。

さてはどうするかと、またも迷っていると、百姓ふうの男が吾妻橋を渡って来たので、その男を追いかけて訊《たず》ねた。

「旅姿の三人組だ」

しかし、百姓は首を横に振った。

朝早く近在の百姓は野菜を売りに大八車で吾妻橋を渡って行く。その連中が、三人を見ているかもしれない。いや、三人が尾久村を出立して吾妻橋に差しかかるのはもう四つ(十時)近くになっている。

うまくすれば、帰りに見かけているかもしれない。

そんなことを考えながら、中ノ郷原庭町に入り、瓦焼職人の家の前を通りかかった。

家の横に瓦が積み重ねられていて、上半身裸の男が汗を流しながら瓦を運んでいた。

「ちょっとお訊ねしやす。ひと月ほど前、旅姿の三人組を見かけなかったでしょうか。ひとりは小柄でおでこの広い男で、あとのふたりは大きな男で……」

赤銅《しやくどう》色の顔をした職人は、首に巻いた手拭《てぬぐ》いで顔を拭いてから、

「ああ、見たぜ」

「えっ、見た？」

予期していなかったので、三太は飛び上がりそうになった。

「間違いないですかえ」

「おう、間違いない。法恩寺まで、あとどのくらいかときかれたからな」

「法恩寺まで？」

あの三人は法恩寺を知らないのだ。つまり、江戸に土地勘がない。

中山道を逸れて、尾久村にやって来たことからすると、三人とも江戸は不案内なのだ。

三太は法恩寺まで直走《ひたはし》った。横川に出たところが業平橋《なりひら》、川沿いを南に行く。すると、川の向こうに法恩寺と並んでいる本法寺の杜《もり》が見えて来た。

やがて、法恩寺橋までやって来た。俄《にわか》に緊張したのは、その三人組がこの付近に潜伏していると感じたからだ。

三太は法恩寺橋の袂で立ち止まった。

この付近に三人の隠れ家がある可能性は十分にある。そこを根城に、押し込みを繰り返しているのだろうか。

しかし、その根城を、江戸に不案内の者が用意してはおけないはずだ。そればかりではなく、江戸にやって来て間もないのに三件もの押し込みを働いた。その手際のよさは江戸に詳しいことを窺《うかが》わせる。

つまり、一味の中に江戸に詳しい人間がいるというわけではなく、もうひとり江戸の人間がいるのだ。法恩寺の近くに江戸の知り合いがいて、その者を訪ねて江戸に出て来たのだ。

三太は付近を一回りしてみた。川の西側は夜鷹《よたか》のたくさん住む吉田町などがあり、横川をはさんで出村町などがある。

長屋には住むまい。一軒家か、あるいは江戸に詳しい一味の者の家の離れか。

法恩寺の東手は柳島村と押上村になる。百姓家の離れということも考えられるが、押し込みを働いていることを考えれば、やはり他人の目を気にせずにすむ一軒家か。

都合よく、尾久村の廃寺のような場所があるとは思えない。

と、そのとき、三太は左のこめかみの辺りに何かが張りつくような刺激を感じた。誰かに見つめられている。三太は周囲を見回した。

古道具屋、八百屋、荒物屋など小さな商家が並んでいる。店の中は暗い。そろそろ夕闇《ゆうやみ》が迫って来る頃で、棒手振《ぼてふ》りも行き交い、惣菜《そうざい》屋の前にも客がいる。

どこにも視線の主は見当たらなかった。気のせいかもしれないと思った。

足が棒のようになって、再び法恩寺橋まで戻って来た。

と、後ろから走って来る足音を聞いた。地響きのように大きなものが地面を踏みしめている音だ。

三太は緊張した。さっきの視線が蘇《よみがえ》った。

振り返って、三太はあっと声を上げた。

「次助兄い」

三太は目を疑った。次助の後ろから佐平次親分と平助がやって来た。

「やっぱし、おめえだったか。どうも後ろ姿が似ているんで追いかけて来たんだ」

次助は息を弾ませて言う。

やがて、佐平次が近づいて来た。

「三太。なんで、こんなところにいるんだ?」

佐平次が訝しげにきいた。

「へえ。親分、じつは例の三人組のあとを追って来たんです」

三太は三人の顔を順に見てから、源七という男の特徴が三人のうちのひとりの特徴と似ていると言い、尾久村から三人のあとを辿《たど》って来たことを説明した。

「そうか。三人は法恩寺を目印にやって来たんだな。三太、でかしたぜ」

佐平次に褒められ、三太は頭をかいた。

「で、親分はどうしてこっちに?」

「三人組の塒《ねぐら》がこの近くにあるのではないかと見当をつけて、亀戸《かめいど》天満宮のほうから廻《まわ》ってきたのだ」

「どうでしたか」

「だめだ。誰も源七らしき男を見かけた者はいねえ」

次助が疲れたように言う。

「この近辺だな」

それまで黙っていた平助が法恩寺のほうを見て呟いた。

「平助、どうした？」

佐平次がきいた。

「へい。もし、奴らがこの界隈《かいわい》にいたら、あっしらの姿を見ているかもしれやせん」

「あっ」

三太は覚えず声を上げた。

「どうした、三太？」

「へい。じつはさっき誰かから見つめられているような気がしたんです。気のせいかと思ったんですが」

「親分。ここからずらかられちまう可能性がありますぜ」

平助が心配を口にする。

「そのとおりだ。よし、三太。おめえ、すまねえが井原の旦那を探して応援を頼んでくれねえか。今夜は旦那の屋敷に訪ねて行く約束になっていたんだ。屋敷にいるはずだ」

「よござんす。で、親分は？」

「近くの自身番で応援を頼み、この界隈を見張っている」

この界隈は堀で囲まれており、幾つかある橋に見張りを置けば、不審な者は見つけ出せると、平助が言った。特に、源七の特徴のある顔は目につく。

とりあえず引き上げた恰好にして、三太も佐平次といっしょに横川沿いを南に向かった。竪川《たてかわ》のほうだ。

だいぶ暗くなって来た。

「じゃあ、三太。ひとっ走り頼むぜ」

「合点だ」

自身番に向かう佐平次と別れ、三太は一目散に両国橋に向かって走った。

夕方の通りはあわただしい空気が漂っている。家路に急ぐ職人や買物帰りの女たちが足早に行き、回向院境内の掛け小屋は片づけをはじめている。

三太は両国橋を渡った。

伊十郎はこの時間、もう八丁堀の組屋敷に帰っているだろうか。まだ、だとしても、そう遅くならないだろう。なにしろ、佐平次親分との約束があるのだ。

念のために、途中の自身番に顔を出し、伊十郎のことを訊ねた。きょうは早めに帰宅すると、伊十郎が言っていたという。

三太は八丁堀に向かった。

井原伊十郎の組屋敷に駆け込むと、出て来た若党が、

「旦那さまは、まだお帰りじゃありませんよ」

と、告げた。

「今、どこにいるかわかりませんかえ」

「いえ」

まだ早すぎたようだ。

「少し待たせてもらってよろしいですかえ」

「どうぞ。こちらにお上がりください」

「いえ。旦那が来たら、すぐに行かなきゃならねえんで」

そう言い、三太は冠木《かぶき》門の近くで待った。

四半刻（三十分）ほど待ったが、伊十郎は戻って来なかった。

しばらくして、小者《こもの》がひとり引き上げて来た。

「旦那は？」

「きょうは寄るところがあるから、少し遅くなると」

渋い顔をして、小者が答える。

「どこですかえ。どうしても、旦那に会わなきゃならねえ急用なんだ。うちの親分が今、押し込みの一味の塒を見張っているんだ」

「なに、押し込みの一味だと」

「だから、旦那の応援を頼みに来たんです」

「まずいな」

小者が渋い顔をした。

「まずいとは？」

「旦那に連絡はとれねえ」

小者にしつこくきくと、井原の旦那はあるひとの家に行ったという。しばらく帰って来ないとうんざりした顔になった。

「なんてこった」

三太は舌打ちした。

「よし、俺が行こう」

三太は小者といっしょに再び両国橋を越えて、横川の堀沿いにやって来た。

五つ（八時）を過ぎていた。北中之橋の袂のくらがりにひとが立っている。町役人のようだ。

さらに法恩寺橋まで行くと、やはり、男が暗がりに立っていた。

「あっしは佐平次の子分で三太と申しやす。親分はどちらにおりますね」

三太は近づいて声をかけた。

「法恩寺です」

三太は橋を渡り、法恩寺に行くと、その山門の横に平助が待っていた。

「おう、三太か。旦那はどうだった？」

「それが会えなかったんだ」

「すまねえ。ちょっと寄るところがあると言って」

小者が申し訳なさそうに言った。

「女のところか」

「女？・」

三太はびっくりして小者の顔を見た。

ばつの悪そうな顔をして、小者は小さくなった。

「まあいい。さっき、この辺りの商家で確かめたら、源七らしい男が何度か目撃されている。この近くに塒があるのは間違いないようだ」

「ほんとうですかえ」

三太は興奮した。

「ふたりは、ここで見張ってくれ。親分のところに行って来る」

平助がふたりを残し行きかけるのを、

「親分は？」

と、三太はきいた。

「次助と、天神橋にいる」

そう言って、平助は山門を出て行った。

三太は複雑な思いだ。三太が追って来たのは、尾久村で自分を助けてくれた三人連れである。その三人を追い詰めるような恰好になったことに、忸怩《じくじ》たる思いがあった。あの三人が押し込み犯ではないことを、三太は祈るのみだった。

夜四つ（十時）前に、提灯《ちょうちん》の明かりが幾つも町中に現れた。その中に、佐平次親分の姿もあった。

三太は通りに出た。

「親分、何かあったので」

「奴らの塒がわかったが、とうに逃げたあとだった」

平助が答えた。

「この裏手にある柳島村に、使われていない百姓家があった。そこに、ひと月ほど前から男が住みはじめていたそうだ」

源七に似た男が出入りをしているのが目撃されていたという。

「感づいて逃げ出したんですかえ」

「いや。きのうの夜は明かりがついていなかったというから、その前に引き払ったのだろう。別の場所に移動したのだ」

「一足、遅かったのか」

三太は歯嚙《はが》みをした。

しかし、誰かに見つめられているような感覚は何だったのだと、三太は不思議に思った。気のせいだったのか。それにしては、そのときの粘つくような不快感は今でも覚えている。

「でも、どうして奴らは塒を変えたんでえ」

三太は疑問を口にした。

「最初からの奴らの作戦だ。次はもっと別な場所に押し込みの狙いを定めているのだ」

佐平次親分は美しい顔を曇らせた。

三

古道具屋の野上屋金三《きんぞう》は、戸締りに託《かこ》つけて外に出た。

街角に張りついていた町方の人間の姿はもうなかった。法恩寺の前にも人影はない。ようやく、諦《あきら》めて引き上げたらしい。

（さすが、佐平次だ）

と、金三は肝を潰《つぶ》す思いだった。

もし、一日違っていたら、どうなっていたかわからない。それにしても、さっき、佐平次がやって来て、源七のことをきいてきたのだ。そのことには、目玉が飛び出しそうになるほどに驚いた。

それより前に、佐平次の子分の三太という男がこの界隈をうろついたときにも、まさかと思ったものだ。

源七のことが知られているとは思わなかった。佐平次はどうやって源七のことを嗅ぎつけたのか。

金三は雨戸を閉め、潜《くぐ》り戸から中に入り、心張《しんば》り棒をかってから、部屋に上がった。

奉公人は雇っていない。ほとんど店番は女房のお砂《すな》がやっているが、このお砂は、『加納屋』という遊女屋の娼妓《しょうぎ》だった。

金三が見初め、親方の又蔵に頼んで女房にした女だ。うりざね顔で切れ長の目が艶《なまめ》かしい。そのお砂が、

「町方は引き上げたのかえ」

と、きいた。

「ああ、引き上げた。それにしても、佐平次とは恐ろしい男だぜ」

「そうだねえ。それにいい男だし」

「ちっ。あっちが相手にするものか」

「あら、おまえさん、妬《や》いているのかえ」

「ばかやろう」

金三は不貞腐《ふてくさ》れた。

「それより、そんな悠長に構えちゃいられないよ。佐平次のことだ。いつか、私たちとのつながりを見抜くよ」

お砂が真顔になった。

「そうだな。まあ、しばらく旅に出るのもいいかもしれねえな」

「そうだね。湯治がてら、箱根か信州にでも行くのもいいわねえ」

「ああ。だが、この結末だけは見届けてえ。まあ、又蔵親方に相談してみよう」

古道具屋の亭主というのは世間を欺く仮の姿であり、じつは金三は一年前まで東海道の街道筋を荒し回っていた枕探《まくらさが》しであった。三島の宿で、旅人の部屋に忍び込んだはいいが、眠っていた男が起き出し、利き腕をとられた。

その男が又蔵だった。又蔵は、金三を使える男と見てとったのか、見逃してくれた上に、何かあったら江戸に来いと言ってくれたのだ。

それからしばらくして、金三は沼津の宿で盗みに失敗をし、代官所の役人に追われる身となり、そのことをきっかけに江戸の又蔵を訪ねたのであった。

又蔵は金三にこの古道具屋の店を任せた。又蔵の子分だった男が長患いで余命いくばくもないことから、養子ということで、この店に入り込んだのだ。

じつは、又蔵は遊女屋の亭主でありながら、盗人仲間の顔役でもあった。自分は盗みはしないが、盗人の手助けをしている。すなわち、盗人を匿《かくま》い、逃亡の手助けをする。もちろん、盗人は盗んだ金の一部を又蔵に差し出すのである。

そういう盗人たちの世話をするのが金三に科せられた役目であった。

地方からやって来て、江戸にしばらく滞在し、その間に盗みを働き、さっと江戸を去る。そういう盗人が多い。そういう盗人は、まず江戸に来ると、又蔵に仁義を切るのだ。何かあったときには、又蔵が守ってくれるからだ。

その地方から来る盗人の世話を金三は又蔵から命じられていたのだ。

あるとき、又蔵に呼ばれ、源七、常吉《つねきち》、熊五郎《くまごろう》という三人組が江戸で一働きしたいと言っている。ついては、その者たちに会って来てくれと頼まれた。

金三はその三人の噂は聞いていた。主に、駿河《するが》、遠江《とおとうみ》辺りの宿場町や村々で盗みを続けている三人組だ。姿を見た者は必ず殺すという残虐な連中だ。

金三はその三人に会うために三島まで行った。そして、三人に江戸での盗み働きを勧めたのだ。

三人は法恩寺の門前近くにある古道具屋を目指して江戸にやって来た。かねてから、又蔵が手配をしておいた、今は空き家になっている百姓家に案内し、三人の世話を金三とお砂がした。

江戸ははじめてだという三人に町を案内し、そして、忍び込む商家の前を通り、逃げ道を確かめさせた。

当初の予定通り、大伝馬町、伊勢町、久松町の三ヵ所で押し込みを働いたあと、金三は三人をもう一つの隠れ家、浜松町に移した。それがきのうだったのだ。

やはり、佐平次は恐ろしい。又蔵親方の言うとおりだった。

翌日、金三は深川櫓下《やぐらした》にある遊女屋『加納屋』に又蔵を訪ねた。

内所の長火鉢の前で、又蔵は長煙管《ながギセル》を手にして、

「金三。ゆうべはたいへんだったようだな」

と、口許《くちもと》を歪《ゆが》めた。

「ご存じで。へえ、驚きましたぜ。まさか、佐平次があそこまで迫って来るとは思ってもいやせんでした」

「隠れ家も見つけられたのか」

又蔵は険しい顔できいた。

「へえ。危ういところでした。どうやら、源七が目をつけられたようです」

「軽業師崩れの男だな」

「へい。一度、源七は向こう両国の見世物小屋に入って行ったことがありやす。ひょっとしたら、そのとき源七を知った人間に見られたのかもしれません」

「そうかもしれねえな」

そう言い、又蔵は煙を大きく吐いた。

「三人の様子はどうだ？」

「意気軒昂《けんこう》ですぜ。なにしろ、立て続けの仕事がことごとくうまく行ったんですからねえ。すっかり、あっしを信用してくれていやす」

「そうか」

又蔵は満足そうに頷いた。

「親方。それより、佐平次のことだ。あのままじゃ納まりませんぜ。いつ、古道具屋に目をつけるかわかりやせん」

「うむ。俺もそれを気にしていたところだ。おとついも、『飯倉屋』の様子を見に行った手下が、佐平次にあとをつけられた。用心するに越したことはねえ。少し、予定より早いが、しばらく江戸を離れるか」

「へい。ただ、出来ましたら、結末を見届けてえんです。それまで、どこかにいさせてもらえませんかえ」

「いいだろう。だが、終わったら、すぐさま江戸を発《た》て。いいな」

「へい。わかりやした。では、これから、最後の仕事の打ち合わせに行ってきやす」

「頼んだぜ」

又蔵と別れ、その足で、金三は浜松町へと向かった。

浜松町の外れにある一軒家に、源七たちは移っていた。

すぐ後ろに増上寺、そして、飯倉神明社がある。雑木林の中にあり、隠れ家としては恰好の場所にあった。

ここは、又蔵が他人の名で借りている家である。こういった家は江戸の各所にいくつかある。皆、江戸にやって来た怪しい者たちに一時の住まいを提供するための家であった。

戸を叩《たた》き、中に呼びかける。横の連子《れんじ》窓から鋭い目が覗《のぞ》き、すぐに引っ込んだ。やがて、心張り棒が外れ、戸が開いた。

坊主頭の熊五郎の顔が現れた。金三は黙って中に入った。

奥の座敷に、源七と常吉が寝そべっていた。そこに徳利が転がっていた。

「おう、金三さんか」

源七が起き上がって言う。

「危ないところでしたぜ。佐平次が本所の塒を見つけやした」

「なに、佐平次が」

源七が顔色を変えた。

「源七さん、いつぞや、掛け小屋で軽業師の舞台を見ましたね。あのとき、誰かに見られたんじゃないんですかえ」

「そうか。奴は俺を覚えていたのか」

源七が呟く。

「奴とは?」

「あんときの軽業師だ」

「佐平次がその男から聞き込んだんでしょう。ともかく、佐平次というのは恐ろしい岡っ引きです。ところで、今度の仕事ですが」

金三は他のふたりにも目を向け、

「これが、『香華堂《こうげどう》』の屋敷の見取り図です」

と、絵図面を広げた。

芝大門の『香華堂』は大きな仏具店であり、豪商としても有名である。そこに押し入り、土蔵から千両箱を奪う計画を立てていた。

「何から何まで、助かるぜ」

源七が見取り図を覗き込む。

「で、決行は七月七日の夜に間違いないんですねえ」

「間違いない。ゆうべ、『香華堂』の周辺を歩いて来た」

「それにしても、金三さん。又蔵親方に挨拶《あいさつ》をしていないが、このままでいいのかえ」

熊五郎が気にした。

「そのことはお気づかいいりません。あっしがお三方のことは親方によく話してありますので」

「そうか。じゃあ、今度の仕事が終わったら、そのまま東海道を西に下ってしまう。それで構わないのだな」

「へい。どうぞ、お気がねなく。ただ、こんなことを言う必要はあるまいと思いますが、万が一お縄になったとしても、親方やあっしのことは金輪際口にしないことをお守りください。それだけでございます」

「それはわかりきったこと。盗人稼業をしている者の仁義だ」

「ありがとうぞんじます。それじゃ、あっしはまた前日に顔を出しやす」

金三は三人に挨拶をして隠れ家を出た。

帰り道、急に黒い雲が張り出してきた。こいつは降られるな、と舌打ちをし、金三は裾《すそ》をつまんで走り出した。

四

その夜、佐助は八丁堀の井原伊十郎の屋敷に来ていた。

だが、肝心の伊十郎はまだ帰っていなかった。

濡《ぬ》れ縁に腰を下ろし、佐助は庭を見つめた。夕方、激しい雨が降ったが、四半刻（三十分）ばかりで止んだ。

今は星が出ている。夕立のおかげで涼しくなった。草花にもよい湿りけになったようで、夜目にも庭の花が美しい。

「まったく、なにしてやんでえ」

次助が堪えきれずに口にした。

「この前のこともある。これじゃあ、旦那を当てに出来ねえ。もう、帰ろうぜ。どうせ、俺たちの尻を叩くだけなんだ」

もう半刻（一時間）近くも待っている。

「まあ、次助。あの旦那に文句を言ってもはじまらねえよ」

平助がなだめた。

「三太。じいさんが待っているんだろう。おめえ、先に帰っていいぜ」

佐助が三太に声をかけた。

「いや。だいじょうぶだ。あっしは親分といっしょにいる」

三太は元気のよい声を出した。

法恩寺周辺で源七を包囲した夜、伊十郎は女のところにいたのだった。どこかの後家の家に上がり込み、酒を馳走《ちそう》になってすっかり骨抜きになっていたらしい。

女には一度ならず痛い目に遭っているはずなのに、まったく懲りない。旦那の女好きには困ったもんだ。だが、それはそれで、たいした男だと、佐助は苦笑するしかない。

伊十郎の鼻唄《はなうた》が聞こえたのは、それからさらに四半刻（三十分）後だった。

さすがに佐助も呆《あき》れた。

廊下をやって来た伊十郎は庭に佐助を認めて、一瞬丸い目を見開いた。足元がゆらついているのは酔っている証拠だ。

「旦那。今夜じゃなかったんですね。あっしの勘違いでした。また、出直します」

佐助が憤然と言い、踵を返した。

「待て。佐平次」

伊十郎はあわてて叫んだ。

「違うんだ。じつは、相談を持ちかけられ、どうしても抜け出せなかったんだ」

「夜寂しくてしょうがないという後家さんの相談ですかえ」

佐助は厭味《いやみ》を言う。

「ばかやろう、そんなんじゃねえ」

伊十郎はあわてて言う。

「俺は俺で、いろいろ探っているんだ」

「何を探っているんですねえ」

「鶴吉のことだ」

「なんで、鶴吉のことを?」

「なんでだと? 奴は佐平次の敵じゃねえか」

「旦那は何か勘違いなすってはいませんかえ。鶴吉は敵じゃありませんぜ。あっしらの敵は押し込み……」

「待て。そんなきれいごとを言うな。もはや、佐平次と鶴吉のどっちが先に押し込みを捕まえるか。世間はそれに注目しているのだ。鶴吉は敵だ」

何か言い掛けたが、平助が引き止めた。

「旦那。それで、鶴吉のことで何かわかったんですかえ」

伊十郎は縁側にあぐらをかいて座り、

「鶴吉に夢中になっている米次《よねじ》という深川芸者がいる。深川じゃ、一番の売れっ子だ。その米次が鶴吉を自分の家に招き、酒を馳走して、誘惑した。だが、鶴吉は心を乱されなかったそうだ」

「それで」

佐助は伊十郎が息継ぎをしたので合いの手を入れた。

「それだけだ」

「えっ」

佐助がきき返した。

「鶴吉の何がわかったって言うんですかえ」

「いや、わからなかった」

佐助は唖然《あぜん》とした。

「ようするに、旦那は米次という芸者をはべらせて酒を、どこかの大店《おおだな》の旦那から馳走になって来たってことですね」

「だから、鶴吉のことを調べてきたって言っているんだ」

弱みを見透かされまいと、伊十郎は虚勢を張った。

「親分。じゃあ、引き上げましょうか」

平助が聞こえよがしに言う。

「待て、平助」

「いえ、旦那。あっしらはもう待ちくたびれやした。それに、酒臭い旦那と話し合いをしても、すぐ言い合いになるだけですぜ」

佐助がすぐに応じた。

「おう、佐平次。てめえ、よくも俺にそんな口が叩けるな」

いきなり、伊十郎が立ち上がった。が、よろけた。足元が頼りない。

ふん、酔っぱらいめ。佐助は毒づいて、さっさと庭を出て行った。伊十郎のわめき声が背中に響いた。


翌朝、おうめ婆さんの作ってくれた朝食をとっていると、格子戸が乱暴に開いた。

箸《はし》の動きを止め、佐助は眉《まゆ》を寄せた。

「井原の旦那だ」

ちっ、と次助が舌打ちした。

伊十郎が平然とやって来た。

「おう、飯の最中か」

「井原の旦那は朝飯は？」

おうめ婆さんがきく。次助が必死に目配せで、よせと言っている。

「いや、まだだ。だが、まだいい。熱い茶でもくれねえか」

伊十郎は辛《つら》そうな顔で答えた。

「二日酔いですかえ」

次助が口許に冷笑を浮かべた。

「ゆうべ、あのあと、また呑《の》んだんでな」

伊十郎は悪びれずに言う。

おうめ婆さんが茶をいれて、伊十郎の前に湯呑みを置いた。

伊十郎はうまそうに一口飲んでから、

「ところで、押し込みの件だが、どうだえ、見通しは?」

と、佐助から平助の顔に鋭い視線を移した。

「今、わかっているのは、押し込みは三人ないし四人。そのうち、三人は江戸の外から来た者。その中に、元軽業師の源七という男がおります。源七の特徴は、小柄でおでこの広い男。あとのふたりは骨太の……」

最近では口癖のようになっている三人の特徴を、佐助はいい加減に口に出した。

「佐平次。そこまでわかっているのか」

伊十郎の目は平助に向いた。すべて、平助の手柄だと思っているからだ。

平助が頷くと、伊十郎は勢い込んで、

「人相書きを配って探すんだ」

と、激しく言う。

「へえ。ただ……」

佐助は渋い顔をした。

「ただ、なんだ?」

「元軽業師の源七に違いないと思いやすが、確証あってのことじゃねえんです。源七と押し込みを結びつけるのは、賊の一味に身の軽い者がいるということだけなんです」

「いや、本所の隠れ家から逃げたことをとっても怪しいじゃねえか」

「しかし、奴らが本所を引き払ったのは、あっしたちが追い込んだからではなく、すでにその前日に引き払っているんです。ですから、奴らが逃げたというのは当たっちゃいねえんです」

「だから、どうだって言うのだ。ともかく、その源七って男を探すことが先決だ。あとで、似顔絵を描かせよう」

伊十郎が躍起になっているのは、鶴吉のことがあるからだ。そして、鶴吉には犬猿の仲の押田敬四郎が背後に控えているのだ。

「それにしても、どうして塒を引き払ったのだ」

伊十郎が疑問を呈した。

「最初から別の塒を用意していたとしか思えねえ。ということは、次の押し込みは、今までとは違う土地だということとなんじゃねえですかえ」

平助が意見を述べた。

「それにしても、まるで佐平次の家を取り囲むような場所で押し込みをして来た。これは何か意味があるのか」

伊十郎も疑問を口にした。

「佐平次への挑戦じゃねえのか」

「うちの親分を意識しての三ヵ所の押し込みだったことは間違いないと思いやす」

平助が答えた。

「やはり、そう思うかえ」

「へえ、うちの親分を挑発していたんです。あの押し込みはほんとうに金を奪うつもりがあれば、土蔵を狙うはず。それをしていなかった。だから、あくまでも、狙いはうちの親分だったと思いやす。ただ、それはこの三件の押し込みで終わったとみていいでしょう」

「すると、四つ目の狙いはどこだ？」

「わかりやせん。少なくとも、神田、日本橋から遠く離れた場所でしょう」

「うむ」

伊十郎は腕組みをして考え込んだ。

「旦那。鶴吉のほうの動きはどうなんです？」

次助がきいた。

「それが、奴ら何を考えているかわからねえ。鳥越の松の手下に手伝わせ、何かをしている」

「鳥越の松？」

平助が目を鈍く光らせた。

「鳥越の松は、鶴吉の応援をしているんですかえ」

平助が伊十郎にきく。

「そうだろう。鳥越の松が、鶴吉を押田の野郎に世話をしたんだからな」

「しかし、鳥越の松にも自分の手下のような岡っ引きがいるじゃねえですかえ。それなのに、鶴吉の手伝いを……」

「鳥越の松か」

佐助もその名を呟いた。

鳥越の松は、佐平次を貶《おとし》めようと画策した張本人だ。わざと、間違った捕物をさせて無実の下手人を捕まえさせようとした。

その鳥越の松こと、松五郎が鶴吉を裏で支えているようだ。

「鳥越の松も、鶴吉に勝たせようと躍起になっているってことか」

しつこい奴だと、佐助は鼻で笑った。

だが、平助は真剣な眼差《まなざ》しで考え込んでいる。何に引っ掛かりを覚えたのか。佐助にはわからない。

平助は顎《あご》をさすった。だが、その仕種《しぐさ》をするときは、考えあぐねているに他ならない。

格子戸の開く音がして、三太がやって来た。

伊十郎の姿を見て、三太は畏《かしこ》まった。

「旦那。おはようございます」

「おう、三太。ごくろうだな。真面目《まじめ》にやっているか」

伊十郎が気だるそうな声をかけた。

「へい」

三太は窮屈そうに座って頭を下げた。

「三太。すまねえが、おめえ、旦那といっしょに絵描きのところに行き、源七の似顔絵を描いてもらってくれねえか」

「似顔絵ですかえ。わかりやした」

「なんだ、三太でだいじょうぶか」

伊十郎がしらけた顔をした。

「じつは、三太が源七らしき男に会っているんですよ」

「なんだと。どうして、三太が源七を知っているんだ」

困ったような顔を、三太が佐助に向けた。

「三太。正直に話しな」

平助が横合いから言う。

「よし。そいつは道々聞こう。それより、佐平次も似顔絵の男を探すのか」

「いや。あっしたちは法恩寺の周辺をもう一度、探ってみやす。源七たちを匿った者があの界隈にいるはずですから」

「そうか。じゃあ、そっちは頼んだ。俺は似顔絵が出来たら町役人や木戸番らに見せてまわる。よし、三太、行くぜ」

伊十郎が立ち上がった。

「えっ、もう、行くんですかえ。あっしは朝飯がまだなんでえ」

三太が泣きそうな声を出した。

「ちっ、しょうがねえな。じゃあ、早く済ませろ」

伊十郎はもう一度あぐらをかいた。

三太は、おうめ婆さんが用意してくれた膳《ぜん》のほうに移動した。

「旦那」

平助が呼びかけた。

「旦那は鶴吉のことをいろいろ調べたそうですねえ」

「ああ、おめえたちの例もあるからな」

佐助を女に仕立てての美人局《つつもたせ》のことを言っているのだ。伊十郎に捕まったために、佐平次をやる破目《はめ》になったのだが、鶴吉の前身も何かあると思うのは伊十郎にとって自然の考えかもしれない。

「で、どうだったんです?」

「お稚児をやっていたとか、歌舞伎役者の子だとか、いろいろな噂《うわさ》があったが、何一つわからねえ」

「ですが、松五郎親分がある寺で見つけてきたっていうことでしたが」

「それも、どうかな」

「それよりも、柔術をよくするらしいですね」

「関口流だ。その道場を当たれば、何か手掛かりが摑《つか》めるかもしれねえな」

「鳥越の松が押田の旦那に世話をしたってことは、最初からうちの親分と張り合わせるためだったってことですよね」

平助が眉を寄せて言う。

「そうだ。それははっきりしている」

「確か、住まいは一石橋の近く」

「それがどうした?」

「ええ。うちの親分と張り合わせるために、こっちの島の近くに居を構えたってことですね」

「そうだろうぜ。それが、どうした?」

「いえね。そういうとき、うまい具合に、押し込みの事件がこの周辺で起きたものだと思いやしてね」

佐助も、平助の疑問に気づいた。

そうだ。もし、押し込みが別の場所で起きたら、鶴吉と佐平次がかち合うことはなかったのだ。

「そうだな」

伊十郎も訝しげな顔になった。が、すぐに顔を向け、

「天の配剤ということかもしれねえな。運命が、佐平次と鶴吉を競わせようとしているんだ。そうとしか考えられねえ」

と、したり顔になった。

ちぇっと、佐助が気づかれぬように内心で舌打ちした。

「いずれにしろ、もう少し、鶴吉のことを調べてみよう。おう、三太。どうだ？」

「もう、おしまいです」

飯にお付けをぶっかけて、三太は残った飯を喉に流し込んだ。

伊十郎と三太が先に出てから、佐助たちも出かけた。

両国橋を渡った頃には雲の切れ間から陽《ひ》が射してきた。横川に出て、法恩寺橋を渡り、法恩寺の山門の前にやって来た。

蝉の鳴き声が喧しい。日陰に入ると、涼しい風が吹いて来た。

吾妻橋を渡ったあとで法恩寺の場所を聞いているくらいだから、源七ら三人は江戸に不案内のはずだ。

だとすれば、江戸に三人を迎え入れた者がいるはずだ。その者と法恩寺で落ち合う約束だったというより、その者の住まいが法恩寺を目印にしていたと考えるほうが現実的だ。

この近辺に、その者が住んでいる。平助はそう言うのだった。

寺の前には花屋や小さな仏具店が幾つか並び、さらに両側には荒物屋、小間物屋、古道具屋などと並んでいる。

おそらく、源七らは法恩寺の山門の近くにある、何とかという商売屋だと聞いていたのではないか。

だが、すぐに訪ねて行ったとは思えない。人目をはばかるのなら、夜を待って、誰かひとりがその住まいを訪れたに違いない。

しばらく、商家を見てから、自身番に行った。

「あっ、佐平次親分。どうもごくろうさまでございます」

膝隠《ひざかく》しの前に座っていた年配の家主とは一昨日《おととい》会っている。他に、月番の家主がふたり詰めている。

「つかぬことを訊ねるが、法恩寺前に並んでいる小商《こあきな》いの商家について知りたいんだ。あの一帯の大家は誰だえ」

「それは、半兵衛《はんべえ》さんですね」

でっぷり肥《ふと》った大家が振り返った。

すると、奥から細身の男がためらいがちに、

「半兵衛でございます。あそこは私が差配をさせていただいております」

「うむ。すまねえが、どういう人間が住んでいるのか教えて欲しい。まず、荒物屋だが」

「はい。あそこにはもう三十年以上も住んでいる老夫婦と娘夫婦がやっております。皆、如才のない方々です」

「そうかえ。次の小間物屋は？」

「あそこは先代が隠居をし、今は倅さんがお店を取り仕切っております」

次々ときいていったが、特に怪しい点はなかった。

「じゃあ、最後に『野上屋』という古道具屋だが」

どうも怪しい人間はいないようだ。いよいよ、残る一つになり、佐助は半ば諦めてきいた。

「『野上屋』さんも十年ぐらいになりましょうか。今の主人は養子の金三という三十ぐらいの腰の低い男ですが、店を閉めていることも多く、まじめに商売をやっているのだろうかと思ったことがございます。古道具屋と言いましても、置いてあるのはがらくたに近いものばかりで、品数も少ない。土間に置いてある品物もいつも同じで、売れたためしがありません。まあ、『野上屋』さんはちと不思議です」

これまでの調子とは違い、半兵衛の口調はよそよそしいものになった。

平助と顔を見合わせてから、

「養子ってことだが、その金三はいつからあの店に？」

と、佐助は手応《てごた》えを感じてきいた。

「はい。一年前にあのお店にやって来ました」

「じゃあ、元の主人は？」

「長年患っておりまして、半年ほど前についにいけなくなりました」

「前の主人もちゃんとした請人《うけにん》がいたんだろうな」

「私が大家になりましたのは五年前で、そのときにはもうお住まいでした」

「その頃も、あまり商売に熱心ではなかったのか」

「はい、繁盛しているようには思えませんでした」

野上屋金三か、と佐助は心に止《とど》めた。

柳島村の百姓家のことはここではわからなかったが、あの百姓家はずっと空き家になっていたそうだから、無断で使っていたものと思える。

自身番を出てから、再び古道具屋の前を通った。さりげなく店先を覗いたが、女が店番をしていた。

「金三って野郎をとっ捕まえて白状させたらどうだ?」

次助が乱暴なことを言う。

「あっさり白状などするものか。拷問しても、無駄だ。源七らといっしょにいたという証拠もないんだ。知らぬ存ぜぬで逃げられてしまう」

平助が次助をたしなめるように言う。

「ちくしょう」

次助が口許を歪めた。

「三太に見張らせよう」

平助が言う。それしか出来なかった。

他の岡っ引きならば、次助の言うように金三を捕まえ、拷問にかけて源七たちの行方を吐かせるかもしれない。

だが、佐助にはそんな真似《まね》が出来ないし、佐平次がそれをやってはいけないのだ。

法恩寺境内で待っていると、三太がやって来た。

「似顔絵を持って、旦那は飛んで行きやした」

「三太。あの古道具屋が臭い。亭主は金三という三十ぐらいの男らしい。その男を見張ってくれ」

「合点だ」

三太は元気のよい声で応じた。

と、そのとき、古道具屋から女が出て来た。四十過ぎと思える年配だ。三十ぐらいという金三の女房にしては歳が行っているようだ。

女は雨戸を閉めはじめている。

「きょうは店仕舞いか」

まだ明るいが、女は戸を閉め終えると、潜り戸から中に入った。

「あの女をとっ捕まえれば何かわかるんじゃないんですかえ」

三太が言った。

「証拠もないのに、そんな真似は出来ねえ。それが佐平次親分のやり方なんだ。おい、三太、ちょっと『野上屋』の前に行ってみよう」

次助が境内を出ると、三太があとを追う。

「金三は出かけているんだろうか」

佐助は呟いた。

「源七たちに会いに行ったのかもしれない」

平助が戸惑いの色を見せた。

「兄い。どうかしたのか」

佐助は小声できいた。

「どうも妙だな」

「何が妙なんだ」

「あの女だ。金三が帰って来ないうちに店を閉めてしまった」

「まさか、金三はもう戻って来ないのだろうか」

佐助はあわてた。

次助と三太は少し離れた場所で、古道具屋を見張っている。

「わからねえ。しかし、それにしては用意周到過ぎる。そんなはずはない」

平助は珍しく戸惑いを見せている。

平助の言うことは佐助にもわかった。源七たちが塒を引き払ったことといい、また金三のことといい、金三は常に一歩を先んじているのだ。

三太が走って来て、知らせた。

「女が裏口から出て来ますぜ」

佐助が古道具屋を見ると、さっきの店番をしていた女が風呂敷包を手に路地から通りに出て来た。

「あの女から事情をきくんだ」

平助の声に、佐助はすぐに山門を飛び出した。

法思寺橋の手前で、佐助は女を呼び止めた。

「呼び止めてすまねえな。俺は長谷川町の佐平次だ」

「はい」

髪に白いものがちらほら目立つ女は眩《まぶ》しそうに佐助の顔を見た。微かにあわてたように見えたのは、決して疚《やま》しいことがあるせいではなかった。

「おまえさん、『野上屋』のひとかえ」

「いえ、違います」

「違う？」

佐助はきき返した。

「はい。後片付けを頼まれたのでございます」

「後片付けだと？　誰に頼まれたのだ？」

「お砂さんです」

「お砂とは野上屋金三の女房か」

「そうです」

「なぜ、そんなことを」

「商売がうまくいかないので、店を畳むことにしたそうです。きょうか明日、所帯道具や商売道具を同業者が処分しに来ることになっているそうです。そのときに立ち合って欲しいと」

女は清水町で仕立ての仕事をしているという。

「すると、もう金三とお砂はあの家には帰って来ないというのか」

「はい」

佐助は足元の土が崩れたような衝撃を受けた。

「そいつは、いつ頼まれたんだえ」

平助が脇からきいた。

「二日前です」

「二日前？」

佐助たちがこの一帯に目をつけたあとだ。やはり、金三は目をつけられたことを察して逃げたのだ。

「大家は、そんな話をしていなかったが」

佐助は訝しく思ってきいた。

「そうですか。じゃあ、やはり、夜逃げ同然だったのですねえ」

「夜逃げだと」

「私を留守番にしてお店を開かせたのも、借金取りに気づかれないようにするためだったんです」

ようするに、借金取りから逃れるために夜逃げをしたということらしい。

「借金取りとは誰なんだ？」

「いえ、聞いちゃいません」

女と別れ、佐助は大家のところに行った。月番であり、まだ自身番に詰めていた。

大家も、金三夫婦が夜逃げをしたことを知らなかった。

「家賃は数ヵ月先までもらっておりました」

大家は戸惑いぎみに言う。

「借金取りから逃げたらしいのだが、誰だか心当たりはないかえ」

「いえ。ございません。さきほどもお話しいたしましたが、商売がうまくいっているようには思えなかったのですが、暮らしに困っているようにも思えませんでした。やはり借金をしていたのですね」

家賃を踏み倒されなかったのだから、大家には余裕があった。

自身番の外で、次助と三太が待っていた。

平助が佐助に耳打ちした。今後の指示だ。

佐助は頷いてから、ふたりに近寄り、

「やはり、大家も寝耳に水だったらしい」

と言ってから、三太に、

「さっきの女の話がほんとうなら、明日、商売仲間の道具屋が家財道具を処分しに来るはずだ。その道具屋から詳しい事情を聞くんだ」

「へい」

と、三太は張り切った声を上げてから、

「金三は源七たちといっしょに行動しているんでしょうか」

「そうとしか考えられねえ」

次助が応じる。

「わからねえ。なぜだ」

平助が呟くように言った。

「えっ、金三は源七の仲間だってことがか」

次助が意外そうにきく。

「いや、そうじゃねえ。鶴吉のことだ」

「鶴吉の？」

「そうじゃありませんかえ、親分。こっちのほうにいっさい鶴吉の影が見えねえ。鶴吉はいってえ、どんな探索をしているのか」

平助は顎に手をやって顔をしかめた。

今回は、平助が困惑する場面が多く見受けられると、佐助は少し心配になった。だが、平助の言うように、鶴吉の動きがさっぱりわからなかった。

「平助の言うとおりだ。軽業師のことも調べた形跡はねえ。ここに押し込み犯人の痕跡《こんせき》があることさえ、鶴吉は気づいていねえはずだ」

佐助は平助に話を合わせた。

「所詮《しょせん》、鶴吉はその程度の岡っ引きってことじゃねえのか」

次助が鼻で笑った。

「いや。そうじゃねえ。それに、あの男の自信に満ちた態度。あれは、どこから来ているのか」

また、平助は顎をさすった。

佐助も、平助と同じような思いを持っていた。鶴吉は並の男ではない。押し込みの現場での様子からでも、鶴吉は並の岡っ引きではないことがわかる。平助と同じ思考の持主なのだ。

そういうことからすれば、平助が辿ったように、鶴吉もまた軽業師からこの近辺に目を向けてもよさそうなはずだ。

しかし、鶴吉は佐助たちの前に一切姿を見せない。まるで、押し込みの探索をやめてしまったのかと思えるほどだ。

だが、伊十郎の話では、鶴吉を使っている押田敬四郎は押し込みの探索に自信を持っているらしい。

それに、世間では佐平次と鶴吉の手柄争いで盛り上がっているという。鶴吉がおめおめと引き下がるとは思えない。

いったい、鶴吉はどんな探索を行っているのか。

佐助たちは悄然《しょうぜん》と帰途についた。

両国橋に差しかかった。やけに橋が長く感じられた。

五

翌朝、三太は佐平次の家に顔を出したが、親分たちはこれから八丁堀の井原伊十郎の屋敷に行くと言うので、三太は別行動をとった。

古道具屋『野上屋』に行くのは午後からでよいので、三太は気になっていた件を済まそうと考えた。

渡り中間の安吉に会って、旗本富坂惣右衛門の屋敷の様子をきくのだ。

安吉の新しい奉公先は、小石川指ヶ谷《さすや》町にある内田仁三郎《うちだじんざぶろう》という四百石の旗本の屋敷だった。

三太はそこに向かった。

きょうは七夕で、家々の屋根には短冊竹が高く立てられている。

本郷から加賀家の上屋敷の前を通り、白山権現を過ぎて、武家屋敷の板塀の続く一帯に出た。

旗本屋敷と御家人の屋敷が混在している。

辻番小屋に寄って、内田仁三郎の屋敷を教えてもらい、その屋敷の長屋門の前にやって来た。

少し迷ってから、三太は勇気を振り絞って潜り戸を叩いた。

返事がなかった。門番がいるかどうかわからない。戸を押してみると、軋《きし》み音を発して戸が開いた。

下級の旗本では門番を置いておく余裕はないのかもしれない。

庭先に、箒《ほうき》を持っている男がいた。

「ちょっとお訊ねしやす」

三太は声をかけた。

なんだという険しい目つきで、下男ふうの男がやって来た。

「こちらに安吉さんがいらっしゃると聞いたものですから」

男が何か言う前に、三太は声を出した。

「安吉？」

「へい。今度、こちらに新たに奉公に上がった中間ですが」

「おう、あの男か」

怖そうな顔とは違い、案外と男は気さくだった。

「安吉の知り合いか」

「前のお屋敷奉公のときにちょっと……」

三太は曖昧《あいまい》に言った。

「待っていな。確か、部屋にいたはずだ」

男は箒を持ったまま呼びに行った。

三太が門の外で待っていると、尻端折《しりはしよ》りをし、毛深い脛《すね》を出した小肥りの男が潜り戸から顔を出した。

三太は会釈をした。

「おめえか。俺に用ってのは？」

門の外に出て来て、安吉がきいた。

「へえ。じつは、安吉兄いが富坂惣右衛門さまの屋敷をやめたと聞きやして。いや、他の奉公人も皆やめさせられたそうじゃございませんか」

「なんで、そんなことを知っているんだ」

安吉は目をすがめて三太を見つめた。大きな鼻の穴が上を向いている。

「じつは、あるお方に頼まれて、富坂の奥方と若党の半三郎さんの行方を探しているんです」

「おめえ、詳しいな」

「安吉兄い。こいつは少ないが、とっておいてくれ」

三太は一朱の銭を安吉の手に握らせた。

安吉は黙って受け取ったあとで、門の内側を気にしたのか、勝手に歩き出した。あわてて、三太は追った。

白山権現の裏手の鬱蒼《うっそう》とした雑木林に出ると、安吉が立ち止まって振り返った。

「誰に頼まれて、ふたりを探しているのか知らないが、あんな殿さんなら、いいかげん奥方だっていやになっちまうだろうぜ」

安吉がいきなり言い出した。

「富坂の殿さんっていうのは、そんなひどいお方で」

「放埒《ほうらつ》な暮らしだった。女中にすぐ手をつける。気にいらないことがあれば、暴れる。酒を呑めば、くだを巻く。用人だって、ほとほと手を焼いていた。そんな奥方に半三郎は同情したんだな」

「でも、よく、そんな殿さんがおふたりを許したもんですねえ」

「世間体を考えたんだろうが、そのことが上役に知れたら、今度こそ甲府《こうふ》勝手《がって》になっちまって、二度と江戸に戻れなくなるかもしれねえ状態だったからな。やむなく、ふたりを許したんだろうぜ」

「なるほど。そういうことだったんですかえ。でも、どうして、奉公人を替えちまったんですね」

「駆け落ちされたってことを、奉公人が知っていちゃ、殿さんもやりにくかったんだろうぜ」

「なるほど。へえ、それで合点がいきやした。じつは、あっ、いえ」

「なんだ。何がじつはだ……」

「へえ、じつは、ほんとうはあのふたりは、こっそりお手打ちになっちまったんじゃねえかと心配したもので」

「そんなことはあるまい。親戚筋が乗り込んでの、離縁の話だったみたいだからな」

「親戚っていうと、市ヶ谷の石渡金右衛門さま」

「そうだ。よく知っていやがんな」

安吉は胡乱そうな顔をした。

ふと、思い出して三太はきいた。

「ふたりはいったんお屋敷に帰って来たんですかえ」

「いや。そんな気配はなかった。たぶん、石渡さまのお屋敷に行ったんじゃねえかな。そこで、すべての話し合いが行われたんだろうぜ」

「石渡さまは、よくあのお屋敷にはお見えになってたんですかえ」

「そうだな。よくやって来ては富坂の殿さんの不行跡を説教なすっていたようだ」

「そうなんですかえ。ところで、半三郎さんの行方には心当たりはございませんか」

「ないな」

「そうですかえ。兄い、お手間とらせて申し訳ありやせんでした」

「待て」

三太は行きかけた足を止めた。

「もし、半三郎さんに会ったらよろしく伝えてくれ。よくしてもらったんだ」

　安吉は目を細めた。

「わかりやした」

　三太は得心がいった思いで引き上げて来たが、本郷を過ぎ、昌平坂を下る頃になって、何となく胸の辺りが重くなってきた。

　ふと、一膳飯屋『さわ』のおすえを思い出した。三太は足を神田明神下に向けた。

　まだ、仕込みの時間らしく、暖簾《のれん》は出ていなかった。

　戸障子を開けて、中に入ると、おすえが店の中を掃除していた。

「まあ、三太さん」

　おすえが喜んでくれた。

　だが、三太は微かに胸が痛んだ。

　おすえが三太を歓迎してくれるのは、死んだ弟に似ているからなのだ。そんなんじゃいやだ、俺を男として見てくれ。そう叫びたかったが、三太ははにかんでおすえに会釈をした。

「さあ、入って。おとっつあんも喜ぶから」

「ちょっと忙しいんだ。また来るよ」

「あら、もう行ってしまうの」

「おすえさんの顔を見に寄っただけなんだ」

そう言うと、三太は逃げるように店を飛び出した。

柳原の土手に差しかかったとき、三太ははたと気づいた。

さっきは、安吉の話を聞いて得心がいったように思ったが、肝心なことが解決していないことに気づいたのだ。

あの雨の中、誰がふたりを迎えに来たのか。

そのとき、三太は何者かに頭を殴られて気を失ったのだ。気がついたとき、尾久村の廃寺の納屋に閉じ込められていた。三太を酷《ひど》い目に遭わせたのは誰なのだ。

まだ何かあるような気がしたが、もう三太の手に負えなかった。佐平次親分の智恵《ちえ》を借りようと思いながら、両国橋を渡るうちに、思いはこれから向かう古道具屋のことに向いた。

留守番だと称した女がほんとうのことを言っているのか。

横川にぶつかると、三太は川沿いを法恩寺橋のほうに向かったが、途中に出て来た北中之橋を渡り、大きく迂回《うかい》をして、法恩寺の裏手から境内に入った。

留守番の女に見られてはならない。諦めて手を引いたと思わせておけば、油断するはずだ。

三太は山門まで行くと、用心深く顔を出し、古道具屋の店を窺った。

戸は開いていて、店先が見えた。奥に、きのうの女が座っているのだろう。

四半刻（三十分）ぐらいして、羽織を着た男が古道具屋に入って行った。やがて、大八車がやって来て、家財道具や商売道具を運び出した。

きのうの女が店先に出て来て、羽織の男を見送った。

女が家に引っ込んでから、三太は大八車といっしょに去って行った羽織の男を追った。

法恩寺橋を渡り、男はそのまままっすぐ吉田町のほうに向かった。

「ちょっとすまねえ」

三太は呼び止めた。

羽織の男は警戒ぎみな目を向けた。

「あっしは長谷川町の佐平次の子分で三太と言うもんだ」

「佐平次親分の……」

男の態度が変わった。

「今、『野上屋』から荷物を持って出てきなすったが、どういうわけなんだえ」

「野上屋さんから処分を頼まれたのでございますよ」

「主人の金三直々《じきじき》かね」

「そうです。私は横網町で、道具屋をやっております。野上屋さんから、廃業するので荷物を処分したいと頼まれたのでございます」

「いつのことだえ」

「三日前です。都合のよいときに荷物を取りに来てくれと」

「代金はどうしたんだ」

「留守番の女に渡してくれと。そのとおりにしました。三両です」

道具屋と別れ、三太は法恩寺の山門まで戻った。

留守番の女は代金を受け取った。その金を、金三かお砂に渡すはずだ。

三太は山門の横にある大きな樹木の陰に立ち、古道具屋を見張った。やがて、女が店から出て来た。

きのうと同じに戸締りをした。そして、そのまま、数軒隣の家に向かった。大家の家のようだ。

そこに入り、四半刻（三十分）近く経《た》ってから出て来た。

三太は女のあとをつけた。

法恩寺橋を渡ると、左に折れ、横川沿いをゆっくりとした足取りで歩いた。そして、北中之橋の手前の清水町の角を曲がった。

髪結い床と下駄屋の間にある長屋路地に入って行った。

三太も木戸を潜った。仕立て承ります、と書かれた木の看板が軒下で揺れていた。

女の言っていることはほんとうだったようだ。

念のために井戸端にいた長屋の女房に確かめてから、三太は戻って、大家の家に行った。すでに薄闇が迫っていた。

大家の家に行くと、でっぷりした大家が出て来た。

「これは佐平次親分のところの」

「へい。ちょっとお伺いしやすが、さっき『野上屋』さんの留守番だという……」

「ああ、いらっしゃいました。きょうで、家を明け渡すように、野上屋さんから頼まれていたということでした」

「何か言っていましたかえ」

「野上屋さんは不思議なひとだと言っていました」

そのときのやりとりを聞いたが、特に不審を持つようなものはなかった。

金三は用意周到に逃げたのだと思った。

だが、あとは佐平次親分の判断を仰がねばならず、三太は引き上げた。

両国橋を渡って、米沢町から浜町堀に差しかかったとき、久松町の自身番から岡っ引きの長蔵が不機嫌そうに出て来たのにばったり出会った。

「あっ、長蔵親分」

世間からは蛇蝎《だかつ》のように嫌われている岡っ引きだが、助けてもらったことがあるせいか、三太は長蔵にはいやな感じを持っていなかった。

「おう、三太じゃねえか」

「その節はお世話になりやした」

「別に世話をしたつもりはねえ」

長蔵は渋い顔で言ってから、

「これから佐平次の所に行くのか?」

と、きいた。

「へえ。そうです。親分は？」

「俺はこれから芝までだ」

「芝ですかえ」

「押田の旦那の命令だ。もっとも、鶴吉の考えだろうぜ」

訝しく思い、三太は長蔵の顔を見つめた。

「鶴吉が秘《ひそ》かに町方を芝の増上寺に集めているんだ」

「増上寺？　何かあったんですかえ」

「わからねえ。ともかく、押田の旦那ははりきっていやがったぜ」

面倒くさそうに言い、長蔵は三太と別れ、日本橋方面に早足で向かった。

三太は佐平次の家に行った。

親分はすでに常着に着替えて、長火鉢の前に座っていた。

「親分。今、そこで長蔵親分に会ったら、これから芝増上寺まで行くと言ってやした。押田の旦那からの招集がかかったそうです」

「押田の旦那から」

「へえ、鶴吉の考えだろうって言ってやした」

「鶴吉だと」

平助が聞きとがめたように呟いた。

「平助、なにか気になるのか」

「へえ。鶴吉はあっしらとは別な方面の探索をしていた。その鶴吉が動き出したとなると……」

平助の深刻そうな表情に、三太はたまらぬほどの不安を覚えた。

第四章　佐平次の危機

一

真っ赤な夕焼けの中を六歳ぐらいの男の子が走って行く。その先に若く美しい女がいた。母親のようだ。

男の子が近づいたとき、突然女の姿が消えた。

「おっかあ」

男の子が叫びまわって、消えた母親を探していた。

男の子の叫び声が大きくなったり、小さくなったりしている。その声を意識下で聞いていた。

夢だと、佐助は思ったが、目覚めにはいたらなかった。なぜか、涙が流れてならなかった。夢に出て来た男の子は佐助であった。

母が亡くなったとき、真っ赤な夕焼けが燃えていたのだ。

（おっかさん）

佐助は覚醒《かくせい》しない意識の下で叫んだ。

ふと、足元を黒い影が過《よぎ》った。誰かが、枕元《まくらもと》を歩いて行く。戸を激しく叩《たた》く音と、佐平次と呼んでいる声が止まった。

　はっとして、佐助は目覚めた。

部屋の中は真っ暗だ。まだ夜明けには間がある。次助の鼾《いびき》に混じって、玄関から話し声が聞こえる。緊迫した声だ。ひとりは平助だとわかった。

　ばたんという大きな音は次助が寝返りを打ったのだ。

　やがて、平助が戻って来た。平助が行灯《あんどん》に火を入れたのか、部屋の中が明るくなった。

　佐助は跳ね起きた。

「兄い。何かあったのか」

　平助が振り向いた。険しい形相《ぎょうそう》だ。

「井原の旦那からの使いだ。鶴吉が押し込みを捕まえたそうだ」

「なんだって」

　佐助は眠気が一遍に覚めた。

「芝大門にある仏具店の『香華堂』に三人組が押し入ったが、鶴吉は先回りして捕り方を配置していたってことだ」

　ゆうべの三太の話を思い出した。

　途中、芝の増上寺に向かうという長蔵と出会ったという。押田敬四郎の命令だったらしい。

「なぜだ」

平助が目を細め、虚空を睨《にら》み付けた。

そうだ。なぜ、鶴吉は三人組が押し入るのがわかったのだ。

次助の鼾が急に止《や》んだ。何かむにゃむにゃ言い出した。

「兄い。どうするんだ?」

「夜明けを待って、屋敷に来いという井原の旦那の伝言だ。ともかく、詳しい事情がわからなきゃ、どうしようもねえ」

ふと気づくと、次助が半身を起こしていた。

「佐助に平助兄い。なにしているんだ?」

次助が寝ぼけ眼できいた。

「鶴吉が押し込みを捕まえたそうだ」

佐助は教えたが、次助はぽかんとしていた。まだ十分に目覚めていないのだ。

「まだ、外は暗い」

平助が濡《ぬ》れ縁に出た。

東の空は紺碧《こんぺき》に染まっている。

「おい、佐助。今なんて言ったんだ?」

やっと、次助は目を覚ました。

「芝大門の『香華堂』って仏具店に押し入った三人組を、待ち伏せていた鶴吉が捕まえたんだ」

驚いて立ち上がろうとしたのか、次助は足をもつれさせてふとんの上に倒れた。

「次助、落ち着け」

濡れ縁から、平助が声をかける。

「だって、こいつが落ち着いていられるか」

次助はうろたえていた。

平助は再び腕組みをして暗い空を見つめている。考えているのだ。どうして、鶴吉は押し込みの先回りをすることが出来たのか。

佐助も平助の足元にも及ばない知力を絞って考えた。

押し込みは、最初は大伝馬町、次に伊勢町、そして久松町と、長谷川町を中心にした三方で起きた。

平助兄いは、佐平次への挑戦だと言った。ところが、今度は押し込み先を大きく変えて、芝大門だ。そのことを、どうして鶴吉は気づいたのか。

それより不可解なのは、軽業師のことだ。

忍び返しのついた塀をなんなく乗り越えていることから、軽業師崩れが一味にいると平助は考え、さらに鶴吉も同じように考えた。

にも拘《かか》わらず、鶴吉が軽業師を調べたという形跡はない。

いったい、鶴吉はどんな方法で、押し込みの動きを探り出したのか。

「そろそろ、夜が明ける」

平助が腕組みを解いた。

佐助たちは着替えはじめた。なんとなく体が重かった。

家を出てから、おうめ婆さんの家に寄り、三太への言づけを頼んで、八丁堀に急いだ。

朝の早い棒手振《ぼてふ》りの威勢のいい触れ売りの声がする。納豆売りが長屋の路地に消えて行った。

八丁堀に入った。気のせいか、どこかあわただしい雰囲気がする。

与力屋敷の冠木門《かぶき》を過ぎ、やがて、同心屋敷が並んでいる一帯に出て来た。与力の屋敷と違い、木戸門である。

伊十郎の屋敷にやっと着いた。空はすっかり明るくなっていた。

木戸門を入ると、若党が出て来た。

「さっきご番所から戻って来ました。だいぶお冠りですよ」

「そうですか」

佐助は深呼吸してから庭木戸を押して内庭に入って行った。

「旦那。佐平次です」

庭に面した座敷に伊十郎の姿はなかった。

佐助は空を見上げた。きょうも暑くなりそうだ。

「おい、来たぜ」

平助の声に、佐助は振り返った。

ぶすっとした顔つきで、伊十郎は濡れ縁にあぐらをかいた。死人のように、青白い顔だ。衝撃の大きさを物語っているようだ。

佐助は足が竦《すく》んだ。口をきかないのが不気味だった。嵐の前の静けさのようだ。

「旦那。佐平次ですぜ」

佐助はおそるおそる声をかけた。

伊十郎が顔を向けた。こめかみが痙攣《けいれん》している。爆発する。そう思って、佐助はのけ反《ぞ》りそうになった。

「佐平次。俺はこんなに悔しい思いをしたことはないぜ」

雷が落ちるかと思ったら、伊十郎は泣き言を漏らした。

「押田敬四郎の野郎。俺の前で、得意そうにこう言いやがった。佐平次には推理出来なかったようだなと。上には上がいるってことだと抜かしやがった」

伊十郎はいまいましげに、

「俺と鶴吉が組めば、おめえと佐平次の組み合わせより上ってことだとさ。ふざけやがって」

「旦那」

平助がいつものような落ち着きはらった声できいた。

「鶴吉がどんな推理を働かせたのか聞きましたかえ」

「聞くものか」

伊十郎は吐き捨てた。

「じゃあ、まず、どんな様子だったか、聞かせてくださいな」

「俺は現場にはいなかったんだ。わかるはずはねえ。ただ、寝ているところを起こされ、押し込みが捕まったという知らせを受けて、急いでご番所に駆けつけたってわけだ」

奉行所の小者が知らせに来たらしい。

「南町の前で待っていると、ちょうど押し込みの三人が引きずられて来た。そんとき、押田敬四郎が俺にさっきの無礼な一言をほざいたのだ」

伊十郎の愚痴を無視し、

「その三人を見ましたかえ」

と、平助はきいた。

「ああ、見た」

「どんな奴らでした？」

「髭面《ひげづら》の大柄な男に、痩《や》せた長身の男。それに、小柄な男だ。敏捷《びんしょう》そうな体つきだったから、おそらくその男が塀を乗り越えたのだろう」

「その小柄な男の顔を見ましたかえ」

「ああ、なんだかおでこの広い男だった」

「源七だ」

「ちくしょう。そこまで摑《つか》んでおきながら、どうして……」

悔しくて、あとの言葉が続かないようだ。

「旦那。捕まったのは三人だと言いやしたね」

「そうだ。それがどうした？」

「まだ、もうひとり、おりやすぜ。仲間が」

「なんだと」

「金三って男です。この三人は金三を頼って江戸に出て来たようです。不馴《ふな》れな江戸で、三人が早々と押し込みが出来たのも、金三が手引きをしたからに違いありませんぜ」

「それがわかっていながら、どうして手を拱《こまぬ》いていたんだ？」

「はっきりした証拠がなかったんですよ。押し込みが源七一味だとわかって、金三のこともこれではっきりしたってわけです」

「しかし、押田敬四郎や鶴吉は三人だけだと思っているようだ」

伊十郎の顔に生気が蘇《よみがえ》ってきた。

「そうか、奴ら。金三って男に気づいてないのか」

「そういうことです。つまり、まだ、事件がすべて解決したってわけじゃないってことですよ」

「平助。よく言った。さすが、平助だ」

現金なもので、すっかり伊十郎は元気を取り戻し、いつもの調子に戻った。

「よし。こうなったら、金三を探すんだ。三人が吟味のときに金三の名を出せば、押田敬四郎の知るところになろうが、その前に金三を抑えておくんだ」

「旦那」

平助が水を差すように口をはさんだ。

「金三は計画的に姿を晦《くら》ましたんだ。ひょっとしたら、すでに江戸を離れている可能性もありやす。すぐに街道の出口に手配を」

「よし。金三の特徴は？」

伊十郎ははりきっていた。

そこに、三太が駆けつけて来た。

「おう、三太。ごくろう」

佐助は三太を迎えた。

「三太。押し込みの三人が捕まったんだ」

「えっ」

佐助は芝大門の捕物を説明し、

「やはり、例の三人だった」

と、付け加えた。

「あのひとたちが……」

三太は呆然《ぼうぜん》と呟《つぶや》く。

「おう、佐平次。俺はご番所に行ってくる」

伊十郎は意気込んで出かけて行った。

「金三が捕まるまでは、まだ事件の解決になっていないんだ。まだ、鶴吉に負けたことにはならねえ。そうだろう、兄い」

次助が平助に訴えかけた。

「もちろんだ」

平助が力強く答えた。

佐助も下腹に力を込めた。

だが、その日の読売が芝大門での鶴吉の活躍を大きく取り上げ、佐平次に勝った男として大評判になっていた。

二

翌日の七月九日の夜、伊十郎が長谷川町の家にやって来た。

きょうは四万六千日で、この日にお参りをすると四万六千日お参りしたことになるというので、浅草寺《せんそうじ》や回向院など、たいそうな人出だった。

疲れた表情で、伊十郎はあぐらをかいた。

「鶴吉はたいへんな人気だな」

伊十郎が当てつけのように佐助の顔を見た。

佐助は顔を天井に見向けてため息をついた。鶴吉の評判は佐助の耳にも入っている。

「肝心の金三も、まだ見つからないぜ」

伊十郎はいらだちを抑えて言う。

佐助は返す言葉がなかった。

東海道の品川宿や甲州街道の内藤新宿、中山道の板橋宿、日光・奥州街道の千住宿などに手配をしたが、いまだに金三は見つからない。

江戸に潜伏しているのか、あるいは、すでに監視の目をくぐり抜けて江戸を離れたのか。なにしろ、金三と押し込みの三人を結びつける証拠はないので大々的な監視が出来ない。

伊十郎の息のかかった北町奉行所の者たちだけの探索であった。

佐助たちは江戸に隠れている可能性を考え、深川一帯を歩き回った。金三とつながりのある者をたぐっていったのだ。

「それから、きょう、源七たちの吟味ははじまった。三人の口から金三の名は出なかったそうだ」

南町奉行所での吟味の様子を伊十郎は聞き出して来たのだ。

「金三はほんとうにいたのか」

伊十郎が疑わしげな目を向けた。

「おりやす」

平助が答えた。

「三人が黙っているのは、仁義からですよ」

「仁義か」

「江戸での押し込みの手引きをすべて金三がやったに違いありやせん。押し込み先の選定から隠れ家の確保まで」

「ちくしょう。三人が言わなくては、金三を見つけたところで、どうにも出来ねえってことか」

「金三のことを、押田の旦那に話したんですかえ」

佐助が口を出した。

「言うものか。金三をとっ捕まえて、押田の野郎の鼻をあかしてやるんだ」

伊十郎は敵愾《てきがい》心を剝《む》き出しにした。

「旦那。今はそんなことを言っている場合じゃありませんぜ。まず、金三を探すことが先決だ。そのためには、あの三人に白状させなくちゃならねえ」

平助が強い口調で言う。

「俺はいやだぜ。言うなら、佐平次、おめえの口から言いな」

困った旦那だと、佐助は苦笑するしかなかった。

「よし。鶴吉に会ってみよう」

平助が気負って言った。

翌日の朝、三人は鶴吉の家に向かった。一石橋の近くというので、日本橋川沿いに出た。日本橋から江戸橋の間は魚河岸で、河岸の若い衆や買い出しに来た魚屋の主人や料理屋の板前などが集まり、朝早くから雑踏を極めている。

佐助は川沿いを魚河岸と反対の西に向かった。やがて、一石橋に近づいたとき、前方にひとだかりがしていた。

それも若い女ばかりだ。人だかりの正体がわかって、佐助は立ち止まった。女たちは鶴吉の家の前にいるのだ。鶴吉が出て来るのを待っているのだろう。

「俺が鶴吉を呼んで来よう。そうだな、確か、来る途中にあった下駄屋の裏手が空き地になっていた。そこに来てもらおう」

そう言って、平助は鶴吉の家に向かった。

佐助と次助は引き返し、曲がり角を折れ、下駄屋までやって来た。天井から色とりどりの鼻緒《つ》が吊り下がっているのが見えた。

佐助がその横を入って、裏にある空き地に向かった。そこに銀杏《いちよう》の樹《き》があり、その木陰に佇《たたず》んだ。

朝から蟬《せみ》の声が喧《かまびす》しい。

「鶴吉の野郎。てえした人気だ」

半分驚き、あとの半分は嫉妬《しっと》で、佐助は落ち着きをなくした。

「人間ってのがいかに新しいもの好きかってことだ」

次助が面白くなさそうに言う。

平助が戻って来た。

「今、来る」

平助はそう言ったが、鶴吉がやって来たのは四半刻（三十分）以上もあとだった。

「すまねえ。女たちを巻くのに手間を食った」

悪びれずに、鶴吉は言った。

白い着物を小粋に着ている。

「てえした評判じゃねえか」

佐助は微笑《ほほえ》んだが、微《かす》かに頬《ほお》が引きつっていた。

「なあに、運がよかったんですよ。まさか、あっしでさえ、ほんとうに押し込みがあったのに驚いたくらいですからねえ」

鶴吉は余裕の笑みを浮かべた。

「で、あっしに用ってなんですかえ」

「どうして、押し込み先がわかったのか、そのからくりを教えてもらいてえと思ってな」

佐助は鶴吉の迫力に負けないように力んで言う。

「からくりだなんて言われても困るんですがねえ」

鶴吉が冷笑を浮かべ、

「あの押し込みは神田、両国、浜町周辺を三度襲いやした。見事な押し入り方で、誰にも顔を見られずに、金を奪った。もちろん、顔を見られた相手を殺していやすがね。いずれにしろ、押し込みの連中はまっすぐ主人夫婦の部屋に行っている。予《あらかじ》め、調べておいたのだろうが、じつに見事なほどだ。でも、あっしは不思議に思いやした。佐平次親分はそう思いませんでしたかえ」

「な、なにをだ」

佐助はあわてた。

「そんな見事な連中が盗んでいくのはせいぜい五十両ちょっと。こいつは何だか少なくねえか。そう思いやせんでしたかえ」

「まあ、確かに」

佐助は鶴吉に圧倒された。

「そこで、この三つの押し込みは囮《おとり》だと思いやした。町方の目をそこに向けるための。そして、奴らはもっと別な場所で大仕事をするに違いないと踏んだのですよ」

鶴吉はにやりと笑った。

「すると、狙《ねら》いは他の場所。目をその一帯に引き付けておいて、ほんとうの押し込み先は別にあると考えるのは自然じゃありませんかえ」

佐平次を揶揄《やゆ》している。佐助はそう思った。

鶴吉が微笑みながら続けた。

「問題は、次の狙いはどこかということです。おそらく、今度は土蔵から千両箱を盗むに違いない。そう思いました」

平助に顔を向けると、平助は顎《あご》に手をやっていた。

「その前に、あっしは押し込みが七月七日前後にあると睨んだんですよ」

「なぜ、だ。なぜ、七月七日だと？」

不思議だった。どうして、七月七日とわかったのか。

もったいぶったように、鶴吉は少し場所を移動した。

「まあ、押込みの間隔を考えたのと、七夕祭の日の真夜中だと人々が油断するだろうという思いがありやした。あとは勘ですよ」

ふっと口許《くちもと》を綻《ほころ》ばせ、鶴吉は続けた。

「豪商は七夕祭を大々的に行うに違いない。すると、真夜中までひとが起きている可能性がある。大きな商家でありながら、七夕祭とあまり縁のないようなところ。それを仏具店と考えたんです。神田、浜町界隈《かいわい》から遠く離れた仏具店。その中でも、豪商と謳《うた》われている店を洗い出し、最後に残ったのは増上寺の近くの仏具店だったわけです。そこは品川宿に近いですからね。押込みを終えたあと、東海道を直走《ひたはし》る。そういう手筈《てはず》だと読んだのですよ。それが、たまたまずばりと的中したってことです」

佐助は口を半開きにしたまま、言葉が出せなかった。

的確な読みと勘のよさ。これは、平助兄い以上だと、佐助は素直に敗北を認めざるを得なかった。悔しいが、佐平次以上の岡っ引きだ。いや、佐平次なんて目ではない。

ふと陽射《ひざ》しが強いのに気づいた。陽が移動し、影の位置が変わった。今はまともに強い陽光を顔に受けていた。

「一つ教えてくだせえ」

平助が切り出した。

鶴吉の顔が平助に向いた。

「鶴吉親分は最初の押し込みの現場を見て、軽業師が一味にいると看破されやしたね。でも、その後、軽業師について調べた形跡はありやせんでした。なぜ、そのほうの探索はしなかったんですかえ」

「する必要がないからですよ。いくらなんでも現役の軽業師が押し込みをするとは思えない。だとしたら、そこから行方が摑める可能性は少ない。それより、押し込みの現場を推理する。これが、あっしのやり方です」

鶴吉はまた移動した。なるほど、日陰に移っているのだ。

「もう一ついいですかえ。あの三人は地方から江戸に来たもの。それもここひと月ほど前に。そんな三人が立て続けに押し込みをやることが出来たのは、江戸に手引きする者がいたからじゃありませんかえ」

「いたかもしれねえ。でも、そいつは押し込みとは直接の関係はねえ。おそらく、遠国から江戸に出稼ぎに来るならず者の世話をする人間がいるのだと思う。それはそれで調べる必要があるが、今回の押し込みとは別の話だ。あっしはそう思いますぜ」

「だが、その者が押し込みの場所を指示したとなると、無関係とは言えないんじゃないですかえ」

なおも、平助が食い下がる。

「押し込みの三人はそんな男のことを話していませんぜ。あくまでも、自分たちの一存でやったと白状している」

「そいつは、仲間の仁義だからだ」

「仁義だろうが、押し込みはあの三人だけの仕業に間違いないんだ。佐平次親分はどう思いますね」

いきなり、問いかけられ、佐助はあたふたした。

「その男は金三っていう。押し込みの三人は遠国から金三を頼って江戸に来たんだ」

平助が助け船を出すようにまくし立てた。

「金三がいなければ、押し込みなど出来なかったはずですぜ。三人を問い詰め、どうして金三と知り合い、どういう手筈になっていたのか、問い質《ただ》すべきじゃありませんかえ」

「あの三人からそんな男の名は出ますまい。そんなことは、おめえさんにも想像がつくんじゃねえのかえ」

平助がさらに何か言おうとしたとき、人声が聞こえた。

いつの間にか、数人の女たちが空き地に現れていた。

「鶴吉親分に佐平次親分だわ」

女たちが口々に叫びながら、近寄って来た。

逃げるように、佐助は惨《みじ》めな思いでその場を離れた。

三

朝から強い陽射しだ。少し歩いただけで、汗が滲《にじ》んで来る。

朝の五つ半(午前九時)、三太は小伝馬町の牢屋敷の前に立っていた。

ようやく、後ろ手に縛られた囚人の一行が出て来た。十人ぐらいはいる。これから町奉行所に連れて行かれ、吟味与力の取調べを受けるのだ。

囚人の中には年寄りもいた。祖父の助三ぐらいの歳の男を見て、三太は胸が痛くなった。目を逸《そ》らし、他の囚人を探した。

大きな男の陰に隠れて見えなかったが、おでこの広い小柄な男がいた。尾久村の荒れ寺の納屋で、猿ぐつわと縄を切ってくれた男に間違いなかった。源七だ。

三太は一行といっしょになって移動した。

そのうちに、源七が三太に気づいた。いや、たまたま目が合っただけだ。源七は忘れているのか、表情に変化はなく、すぐに視線を正面に戻した。

他のふたりの姿も見つけた。一行の中で、この三人がいかにもふてぶてしい態度だった。それは獄門、打ち首の覚悟が出来ているかのようだった。

三太はあのときの礼を言いたかった。だが、囚人に近づくことは許されなかった。護送の同心が周囲に目を光らせている。

取調べに対して、この三人は素直に自白をしているらしい。だが、三人だけで押し込みをしたと主張しているという。

なぜ、金三のことを話さないのか。金三を庇《かば》っているというより、黙っているのがこの世界の掟《おきて》であり、仁義でもあるのだろうと、佐平次親分が言っていた。

というのも、金三は江戸での案内役だった。押し込みを実行したのは三人なのだ。

このままでは、三人だけの犯行ということになり、三人は獄門台に首を晒《さら》すことになるだろう。

三人から金三のことを聞き出すことは無理のようだ。また、金三の行方もまったくわからない。

だが、そのこととは関係なく、三太は尾久村での礼を一言述べたかった。

もし、あのとき、三人が現れなければ三太は死んでいたかもしれないのだ。獄門首になるのだとしたら、よけいに礼を言わないと気がすまないと思うのだ。

もちろん、三人にとってはよけいなことだろう。三太のことなど覚えていないのかもしれない。それに、獄門になる身で、そんなことに耳を傾ける余裕などないかもしれない。

それでも、礼を言いたいのだ。

途中で一行を追うのを諦《あきら》めた。

三太は日本橋に差しかかった。橋の袂《たもと》にたいそうな人だかりが出来ていた。高札場の前はがら空きだ。

なおも三太を追い抜いて、何人かの若い女が人だかりに向かって駆けて行く。

三太はそのうちのひとりを呼び止め、声をかけた。

「いってえ、何の騒ぎだえ」

「鶴吉親分ですって」

足を緩めることなく、丸い顔の女は駆けて行った。

鶴吉……。今度の件で、すっかり男を上げた。いや、もともと評判がよかったのが、さらにお湯が沸騰するように人気も高まった。

三太は人ごみに近づき、後ろから覗《のぞ》き込んだ。

鶴吉が年寄りを介抱していた。

「どうしたんだえ」

三太は前にいた職人体《てい》の男に訊《たず》ねた。

「行き倒れを、鶴吉親分が助けたんだ」

そのとき、どいたどいたと大きな声がし、町の若い者が大八車を引っ張って来た。

さっと人ごみが二つに割れ、そこに大八車が入って行く。

行き倒れの年寄りが大八車に載せられた。

「じゃあ、頼んだぜ」

高音のよく響く鶴吉の声がした。

大八車が去ると、鶴吉親分という若い女の声があちこちからかかった。それに対して、鶴吉は微笑みを返した。

ちっ。気障《きざ》な野郎だ。三太は虫酸《むしず》が走った。

どこへ行っても、鶴吉の噂《うわさ》ばかりだ。残虐な押し込み犯を、見事な推理で先回りして捕まえたという話は読売で世間に紹介された。

佐平次親分より凄腕《すごうで》だという評判が広まっている。

「おや、おまえさんは確か、佐平次親分のところの」

いきなり、見知らぬ男から声をかけられた。遊び人ふうの男だ。

どこかで会ったことがあるような気がしたが、三太は思い出せなかった。

「鶴吉親分の評判はいいが、最近の佐平次親分はさっぱりじゃねえか」

どこかから、そんな声が聞こえた。

うるせえと怒鳴りたいところだが、そんなことをしたら、佐平次親分の顔を潰《つぶ》すことになりかねない。

三太はいきなり駆け出した。

「おう、見ろ。佐平次の子分が尾っぽを丸めて逃げて行くぜ」

三太は日本橋を渡り、本町通りをやみくもに走り、八辻《やつじ》ヶ原《はら》に出て、そのまま筋違御門を抜けた。

走りながら、三太はおすえの顔を思い浮かべていた。

神田明神下にやって来た。一膳飯屋の『さわ』の表の戸は閉まっていた。まだ昼前である。

肩で息をしながら、三太は裏口にまわった。

戸に手をかけたとき、いきなり戸が勝手に開いた。おすえが目の前に立っていた。

「まあ、三太さん」

おすえは形のよい眉《まゆ》を寄せた。

「どうしたの、そんなに息せき切って」

三太は声を出そうにも息が苦しかった。

「とにかく、入って」

おすえは三太の手をとった。柔らかくて温かい感触が心地よかった。

梯子《はしご》段の下の板の間に腰をかけた。

「さあ、飲んで」

おすえがお碗《わん》に水をくれた。

三太は喉《のど》を鳴らして飲み干した。

「いったい、何があったの」

「なんでもないんだ」

「なんでもないこと、ないでしょう。こんな荒い息をして」

「日本橋の袂に鶴吉がいたんだ」

「鶴吉？　ああ、今評判の親分ね」

おすえがくすりと笑った。

「わかったわ。佐平次親分のことで何か言われたのね。そんなこと気にする必要はないわ。三太さんは佐平次親分を信頼しているんでしょう」

「あたぼうだ」

「だったら、言いたい者には言わせておきなさい。佐平次親分を信じて堂々としていればいいのよ。ひとの言葉に惑わされちゃだめ」

おすえの言葉が身に沁《し》みた。

急に、心のもやもやが薄らいでいくのがわかった。

「ありがとう。おすえさん」

俺にはおすえが必要なのだと、三太は改めて思った。

「おう、三太。来ていたのか」

裏口の戸が開いて、弥平が入って来た。

「おじさん。仕入れか」

「ああ、そうだ。どうだ、昼飯食って行かねえか。おいしいあさり飯を作ってやるぜ」

「いいのか」

「いいのかだと。なにを遠慮するんだ」

ているのだ。

「ありがてえ」

三太は言ったが、ふと胸にちくりとした痛みが走った。

弥平は俺のことを死んだ倅《せがれ》のように思っているのだ。だからこんなに親身になってくれているのだ。

俺を男として見てくれ。おすえさんの婿として考えてくれ。三太はそう叫びたかった。

「三太さん、どうかしたの」

「えっ?」

はっとして、三太は我に返った。

「おっかない顔をしていたわよ。何か、他に考え事をしていたのね。何を考えていたのかしら。でも、三太さんの考えていることぐらいわかるわ」

「えっ、ほんとうか」

三太はびっくりした。

「嘘《うそ》よ」

おすえはいたずらっぽく笑った。

「わかって欲しい」

えっと、今度はおすえが小首を傾《かし》げた。

「ときたま、三太さんは妙なことを言うんだもの。驚いちゃうわ」

おすえは目を丸くし、

「さあ、上がって。二階に行きましょう」

胸が切なくなって、三太は大きく深呼吸をしてから梯子段を上がって行った。


その夜、三太は佐平次の家に顔を出した。

「親分。源七たちのきょうの吟味はどうだったんですかえ」

「あの三人はすっかり観念しているらしく、素直なようだ。あくまでも、自分たちだけで押し込みをやったという主張も変えていないようだ」

佐平次親分も疲れているような気がする。

鶴吉の日の出の勢いで上がっていく評判のことは、当然耳に入っているはずだ。

「金三を見つけ出さない限り、押し込みの件はこれでけりがつくな」

佐平次は穏やかだった。

「そういえば、半三郎と奥方の件もあのままになっていたな。三太を殴った連中のこともまだわからねえ。そうだ、三太はもう一度、そっちを調べろ」

「ですが、あっしはこのままじゃ気がすまねえ。あんな鶴吉にでかい顔をされて……」

三太は悔しさに身内を震わせた。

「三太。気にするな。やはり、鶴吉はてえした岡っ引きだったんだ。また、別の事件で、鶴吉の鼻を明かしてやればいい」

「へえ」

鶴吉を讃《たた》える佐平次に、三太は感動さえ覚えた。さすがに人間の器が違うのだと思った。そのことだけでも、鶴吉より、佐平次のほうが上だと、三太は思った。

「親分。お願いがあるんですが」

「なんだ」

「源七たちは確かに極悪人だ。でも、あっしはあの三人に命を助けてもらったんだ。一言、礼が言いたいんです。なんとか、会うことは出来ないでしょうか」

「そいつはいい心持ちだ」

佐平次は思案げになったが、

「井原の旦那に頼んで、なんとかしてもらおう」

と、請け合ってくれた。

やはり、佐平次親分が天下一品だ。俺の目に狂いはないと、三太はうれしかった。

四

翌朝、佐平次は井原伊十郎の組屋敷に行った。

伊十郎は髪結いに髪を当たってもらっていた。

「どこに行っても、鶴吉の噂だ。いい加減、いやになるぜ」

厭味《いやみ》のように、伊十郎は佐助に言う。

どうやら、今この髪結いとそんな話をしていたらしい。髪結い床はひとが集まり、噂の花が咲くところだ。

「佐平次。なんだ、用か？」

「へえ。旦那にお願えがありやして」

「ちっ。頼みごとなら、鶴吉に負けねえくれえな手柄を立ててからにしてもらいてえな」

「旦那。いつまでも、そんなことを……」

「けっ。おめえ、知っているのか。きのうの読売は、鶴吉がなぜ押し込み犯の狙いが『香華堂』だと推理したか。そのことが記事になっているそうだ。そうだな」

伊十郎が確認すると、へいと髪結いが頷《うなず》いた。

「それで、また鶴吉の評判が上がった」

「へい、終わりました」

髪結いは伊十郎の背中にかけた手拭《てぬぐ》いを外した。

顎のひげそり跡が青々としている。

髪結いが引き上げたあと、

「旦那。源七らに会うことは出来ませんかえ」

と、佐助はきいた。

「なんだと。そいつは、どういうことだ？」

「へえ。じつは、うちの三太が」

と、佐助は尾久村の件を話した。

「なんだと、あの押し込みの三人に礼が言いたいだと」

「へい」

「ちっ。冗談じゃねえ。それより早くから三人のことがわかっていながら、鶴吉に先を越されるなんて……」

また、鶴吉のことになった。

佐助がうんざりしていると、平助が口を出した。

「旦那。この件を持ち出して、三太を源七に会わせ、そこで、金三のことを問い質してみちゃいかがですかえ」

「うむ。そいつもいいが、しかし、あの連中は金三のことは話すまい」

「やってみなきゃわかりませんぜ。それに、金三には怪しいところがありやす。そのことをぶつけて動揺を誘えば、奴らの気が変わるかもしれやせん」

「金三の怪しいところとは何だ?」

「旦那。それより、なんとか手を打ってみちゃくれませんか。三人が死罪になっちまったら、ほんとうにすべてが終わっちまいますぜ」

「無理だな。北町の掛かりなら何とかなると思うが、南町だからな」

伊十郎は北町の同心なのだ。

「牢屋敷じゃ、どうです」

「俺にはそんな権限はないよ」

「裏から手をまわしちゃ……」

伊十郎はつれなく首を横に振った。

頼りがいのない旦那だと、佐助は伊十郎を待たずに屋敷を出た。

道々、伊十郎の悪口を言っていると、楓川《もみじ》にかかる海賊橋の手前で、後ろから呼び止められた。

「おう、佐平次」

振り返ると、裾《すそ》を尻端折《しりはしょ》りした長蔵が近寄って来た。

細い目に陰険そうな光が宿っている。顎の尖《とが》った険しい顔つきの男だ。どこか、ねずみを思わす風貌《ふうぼう》だった。

「長蔵親分。お久しぶりで」

また長蔵は鶴吉のことを持ち出して厭味を言うのではないかと、佐助は身構えた。

「今、押田の旦那のところに行って来たんだが」

長蔵の顔が暗い。珍しいことだ。

「親分。何かあったんですかえ。なんだか、いつもの迫力がねえようですぜ」

「じつはな、鶴吉のことだ」

やっぱり、鶴吉の話かと、佐助は憂鬱《ゆううつ》になった。が、長蔵の話が予想と違った。

「おめえ、奴の出自を知っているかえ」

「いや、知りやせんが。そいつがどうかしやしたか」

つい、佐助はつり込まれた。

「押田の旦那からは、さるお寺の稚児《ちご》だったと聞いたんだ。それで、その寺を探してみたんだ」

へえと、佐助は長蔵の意外な面を見たような気がした。

長蔵は橋の脇に移ってから話し出した。

「あちこちの寺をまわったが、どこにも鶴吉らしい稚児がいたって寺に巡りあえなかった。まあ、見落としがあるか、あるいは寺のほうで隠している可能性もある。だが、どうも稚児だったっていうのは嘘じゃねえかと」

「長蔵親分」

平助が食いつくような顔できいた。

「お江戸は広いですぜ。お寺の数といったら、それこそ数えきれねえほどありやす」

「そこだ。じつは、稚児をしていた鶴吉を見出《みいだ》したのは鳥越の松だ」

「へえ、そう聞いています」

「鳥越の松が出向きそうな寺はそう多くねえ」

「なるほど。そのとおりですぜ」

平助が感心した。

長蔵は少しいい気持ちになって、

「念のために陰間《かげま》茶屋のほうも調べた。やはり、鶴吉らしき男は見つからなかった。それで、鳥越の松の周辺を調べてみたんだ」

長蔵は辺りを見回して、誰もいないのを確認してから、

「佐平次は、加納屋又蔵という男を知っているか」

「加納屋又蔵？　ああ、確か、深川の遊女屋の亭主」

「そうだ。あの又蔵と松五郎は若い頃はいっしょにつるんで悪いことをした仲間だ。ひと月ほど前、又蔵が松五郎の家を訪ねていたことがわかった」

「親分。ひょっとして、その又蔵が鶴吉を連れて来たってことですかえ」

平助の目がきらりと光った。

「そうだ。どうも、最初からおかしいと思ったのだ。奴は佐平次、おめえのことをすごく意識していた。又蔵と鳥越の松にとっちゃ、おめえは目の上のたんこぶなんだ」

袖《そで》の下で手《て》懐《なず》けられないことを言っているのだと、佐助は思った。

「今、押田の旦那に会って、このことを言ったんだが、まったくだめだ。あの旦那、聞く耳を持たねえ。最後は喧嘩《けんか》になった」

長蔵は顔をしかめた。

「又蔵って奴はな」

長蔵の声が止まった。

押田敬四郎が小者《こもの》を連れてやって来たのだ。

「いけねえ。またな」

長蔵は逃げるように橋を渡って行った。

佐助の前を、押田敬四郎が得意そうな顔で通り過ぎて行った。


翌十三日は盂蘭盆《うらぼん》の精霊祭りで、おうめ婆さんが近所の八百屋で買って来てくれた茄子《なす》や胡瓜《きゅうり》で作った牛馬が仏壇に作った精霊棚に飾られている。

昼間、浅草の寺に三人で母の墓参りに行った。

平助と次助の父親のもとに、母が佐助を連れて後添いに入ったので、三人兄弟といっても、佐助だけが血の繋《つな》がりはなかった。

平助と次助の父親は早死にをし、残された母が三人の男の子を苦労して育てたのだ。その無理がたたって、母もまた佐助が六歳のときに亡くなったのだ。

だが、おうめ婆さんには三人は兄弟だと告げていないので、それぞれの母親の供養だと思っている。

その夜、迎え火を焚《た》いた。

おうめ婆さんや三太が引き上げたあと、しばし母を偲《しの》んで、兄弟三人で語り合った。

「おっかさんには世話になったからな」

平助が血の繋がらない佐助の母のことを懐かしんだ。

「やさしいおっかさんだった。感謝しているぜ」

兄たちのやさしい言葉を聞いて、佐助は涙ぐんだ。

「兄いたちの言葉を聞いて、おっかさんも喜んでいるよ」

「血が繋がっていなくとも、俺と次助のほんとうの母親だ」

平助が目を瞑《つむ》った。

佐助も母の面影を追った。そのうちに、母の顔が小染に変わった。

（会いてえ）

しばらく小染に会っていない。

「兄い。ちょっと出かけて来ていいかえ」

「まさか、おめえ」

次助が呆《あき》れ返った。

「おっかあのことを考えていたら、思い出しちまったんだ」

「ちっ。勝手な野郎だ」

「佐助。行って来い」

平助が笑った。

「すまねえ」

それから半刻（一時間）後、佐助は小染の家に忍んで行った。

葭町の売れっ子芸者小染との仲は誰にも知られてはいない。佐平次親分には女がいてはならないのだ。

だが、もうそんな配慮も必要ないかもしれない。世は、鶴吉一色の騒ぎであるといってもいい。佐平次に女がいようがいまいが、関心は薄いだろう。

だが、小染はまだまずい。花の盛りである。りんとした顔立ちに愛らしさを覗かせる。匂《にお》い立つような女の色香。そんな小染は男嫌いで通っている。

長火鉢の前に座った佐助の横に、小染が寄り添い、

「親分。なんだか、元気がないわ」

小染はうじうじするのが嫌いで、思ったことをすぐに口にする。

「ひょっとして、鶴吉親分のことでしょう」

「鶴吉を知っているのか」

「今、あんなに評判なんだもの」

佐助は胸が締めつけられた。

ひょっとしたら、小染まで鶴吉にとられてしまうかもしれない。

長蔵の話がほんとうなら、鶴吉は佐平次を追い落とすために遣わされた刺客だ。鳥越の松と又蔵がつるんでいるとなれば、疑いようもない。

だが、誰がどんな目的で岡っ引きを誕生させようが、問題はその人物の器量だ。

鶴吉は申し分がない。平助にさえない、何かを持っている。佐平次が三人で一人前なのに比べ、鶴吉はたったひとりで佐平次以上の能力を発揮出来るのだ。

「一度、お座敷に来たことがあるのよ」

小染がさりげなく言う。その言葉は刃物のように佐助の胸に突き刺さった。

小染が注《つ》いでくれた酒がまだ減らない。佐助は盃を持ったまま、虚《うつ》ろな目を壁の一点に向けていた。

「あたし、あの鶴吉親分って嫌いよ。どうして、佐平次親分に楯突《たてつ》くのかしら」

「鶴吉の後ろにいる者が糸を引いているんだ」

「そうは思えないわ。いえ、そうかもしれないけど、あのひとはあのひとで……」

小染が拗《す》ねたように言う。

「鶴吉親分、嫌いよ」

また、小染が同じ言葉を言った。

佐平次への肩入れが言わせた言葉か。それとも逆か。

とかく女の言葉には裏があるものだ。なぜ、嫌いよと二度も言うのか。好きだから、その言葉が出て来るのではないか。

「瓦版《かわらばん》を見たか。鶴吉の推理は恐ろしいほどだ。その才智は鬼神のようだ。俺も敵《かな》わないだろう」

佐助は素直な感想を述べた。

「いや。そんなこと言わないで」

小染が頰を佐助の肩につけてきた。

「なんだか、小染のほうがおかしい」

「だって、親分が鶴吉のことを気にしているから」

鶴吉と呼び捨てになった。

「いや、おめえのほうが気にしている」

「だって、心配なんだもの」

「何が心配なんだ」

どうもさっきから、小染とのやりとりがかみ合っていないような気がする。

「心配なのは、俺のほうだ。おめえが鶴吉に逆上《のぼ》せるんじゃねえかと気が気じゃねえ」

そう言ってから、佐助が盃を口に運んだ。

呑《の》み干すと、小染が不思議そうな顔を向けていた。

「なんだ、何かついているのか」

「親分。ほんとうに知らないの」

「知らないって、何をだ?」

「ああ、やっぱし気づいていなかったのね」

「いったい、何の話だえ」

「鶴吉よ」

「鶴吉がどうした?」

「鶴吉って、女よ」

佐助はじっと小染の顔を見た。こぢんまりとした顔に、一つ一つがそれぞれに完成された美しさを持つ目、鼻、口が形よく配置されている。

やや鼻が勝気そうに高く思えるが、そのぶん、気品を漂わせている。

ふと、今、小染が何を言ったのだろうかと思い返してみた。

確か、女よと。誰が女なのだ、と思った瞬間、佐助は目をぱちくりさせた。

「今、何と言ったんだ」

「鶴吉は男じゃないわ。女なのよ」

佐助は唖然《あぜん》とした。

小染が佐助の胸に顔を埋《うず》めた。

「あの女。佐平次親分を虜《とりこ》にしようとしているのよ。いい、そのうち、女の姿で、親分の前に現れるわ。そうやって、親分の気を引こうとしているの。私にはわかるわ」

「待て。鶴吉が女だと言うのはほんとうなのか」

「ほんとうよ。だから、いつも晒を胸元まで巻いているでしょう。それに、いくら男の振りをしたって、女の目はごまかせないわ」

「小染。俺にはおめえしかいねえ。心配するな」

「ほんとう。ほんとうね」

佐助の胸で、小染は喘《あえ》ぐように言った。

五

明け方、町木戸が開いてから、佐助は家に帰った。

あのあと、小染はいつもより激しく、大胆に、そして可愛《かわい》らしく、佐助と共に甘い蜜《みつ》の中に溶け込んでいった。

そこには鶴吉の入り込む余地などなかった。

部屋に入ると、まだおうめ婆さんは来ていなかった。

「佐助。寝不足じゃねえのか」

次助がからかうように言う。

「それより、小染からたいへんなことを聞いた。平助兄いも驚かないで聞いてくれ」

「なんでえ、ずいぶん大仰《おおぎょう》じゃねえか」

平助が苦笑した。

「鶴吉は男じゃねえ。女だそうだ」

ふたりからすぐに返事はなかった。次助はぽかんとしている。平助は冷静に今の言葉を嚙《か》みしめているようだ。

「佐助。もう一遍言ってくれ」

やはり、次助も佐助と同じような反応を見せた。

「鶴吉は女だ」

激震が走った。

「そ、そんなばかな。小染の見立て違いじゃねえのか」

次助が素《す》っ頓狂《とんきょう》な声できいた。

「いや。あり得る」

平助はすでに平静を取り戻していた。

「どうりで、長蔵親分が調べてもわからなかったはずだ。長蔵が加納屋又蔵のことを言いかけたな。長蔵に又蔵のことをきくのだ。どうやら、読めて来たぜ。こいつは大きなからくりがあったんだ」

平助が口許に不敵な笑みを浮かべたとき、おうめ婆さんが小さくなってやって来た。

「すまないね。寝坊しちまった。今、支度するから」

「婆さん、珍しいな。寝坊なんて」

「ゆうべ、娘夫婦が来てね。久しぶりに泊まっていったものだから」

「じゃあ、今もいるんだろう。ここはいいから帰ってやんな」

「でも」

「いいってことよ。夕べの冷や飯がある。それに、早く出るから」

「親分。いいのかえ。すまないねえ」

おうめ婆さんはいそいそと引き上げて行った。

おうめ婆さんの娘は座頭《ざとう》の沢《さわ》の市《いち》に嫁ぎ、今は下谷竜泉寺町に住んでいる。沢の市は揉《も》み療治が得意だという。次助が揉んでもらいたがっていたのだ。

ああは言ったものの、冷や飯だけでは味気ない。三太がやって来て、お付けを作ってくれ、それに新香で朝食をとった。

食べ終わったあとで、鶴吉のことを言うと、三太は飛び上がって驚いた。

「信じられねえ」

三太は興奮していた。

「鶴吉の登場には、大きなからくりがあったんだ」

佐助が平助の受け売りの言葉を口にすると、三太は目を見張って、

「親分、どんなからくりですかえ」

と、身を乗り出してきた。

佐助はちょっとうろたえて、

「平助。教えてやんな」

と、親分らしい鷹揚《おうよう》さで言った。

「まあ、三太。待て。ちょっと確かめたいことがある。それから説明してやる」

三太はちょっと不満そうだったが、すぐ気を取り直し、

「でも、鶴吉親分の化けの皮が剝《は》がれるんですね。そいつは楽しみだ」

と、無邪気に喜んだ。

四人で家を出た。佐助を先頭に、両脇斜め後ろに平助と次助、そして、その後ろに三太が控えている。

押田敬四郎は最近はもっぱら鶴吉を連れて町廻りをしており、長蔵は仲間外れのようだ。南茅場町《みなみかやばちょう》のよく手先などが集まるそば屋に行ったが、長蔵の居場所はわからなかった。昼過ぎになって、長蔵が鎌倉河岸にある居酒屋にいるとわかり、そこに向かった。

この店は昼間から暖簾《のれん》を出している。

店に入って行くと、卓に肘《ひじ》をついて長蔵が酒を呑んでいた。徳利が二本転がっていた。

「長蔵親分」

佐助は声をかけた。

長蔵が虚ろな目を向けた。

「真っ昼間から酒ですかえ」

「ちっ。これが呑まずにいられるか。どこへ行っても、鶴吉、鶴吉」

そう言って、お碗に注いだ酒をぐっと呑み干した。

長蔵が呑んでいるせいか、他に客は誰もいない。暖簾を潜《くぐ》っても、長蔵の姿を見れば、諦めて帰ってしまうのだろう。

「親分。きのうの続きだ。加納屋又蔵のことを教えてくれないか」

「又蔵か」

長蔵は口許を歪《ゆが》めた。

この店の亭主は奥に行った切り出て来ない。

「あの男は表向きは遊女屋の亭主だが、裏じゃ、本所、深川辺りのごろつきを束ねている大親分だ。なあに、自分は何もしねえ。ただ、救いを求めて頼って来る悪党どものお目溢《めこぼ》しを願ってやって礼金を受け取っているんだ。だから、日頃から同心や岡っ引きに付け届けをしている。そういう人間だ。佐平次が銭を受け取らねえんで、以前から目障りだったようだぜ」

「又蔵には、子分はいるのか」

「ああ、何人かいるみたいだ。もちろん、誰にも知られてねえ。遠国から江戸に流れて来た者たちの面倒を見たりしているようだ」

「なぜ、それを許しているんだ」

「又蔵に頼んで、事件を解決することもあるからだ。鳥越の松がそのいい例だ。又蔵にとってうまみのない悪党は鳥越の松に差し出す。お互い、持ちつ持たれつの間柄だ」

長蔵は不快そうに顔を歪ませて言う。

「金三って男を知らないかえ。本所の法恩寺の前で、古道具屋をやっていた男だ」

押し込みの三人組が、金三を頼って江戸に出て来たという話をすると、長蔵は目を細め、

「又蔵の息のかかった奴に違いねえ」

と、酒臭い息を吐いて言った。

佐助は平助から目顔で指示を受けてから、

「長蔵親分。押田の旦那に、なんとか押し込みの三人に会えるように取り計らってもらってくれねえか。じつは、この三太が」

と頼み、尾久村でのことを語った。

傍《かたわ》らで、三太が頷いている。三太は、この長蔵にも助けてもらったことがある。長蔵も三太を覚えていた。

「三太は一言礼が言いたいんですよ」

「無理だ。第一、あの旦那が承知するはずはねえ」

「長蔵親分。じつは、それだけじゃねえ。今度の事件のからくりがはっきりするかもしれねえんだ」

「からくりだと?」

「そうだ。押田の旦那にこう言ってくれ。鶴吉は女だと」

長蔵はぽかんとした。

「佐平次。おめえ、何を言っているんだ」

「鶴吉は女なんだ。だから、いくら長蔵親分が探っても見つからなかったってわけだ。いいですかえ、親分。今回の事件のからくりはこうだ」

佐助が説明すると、長蔵の顔色が変わった。

「じゃあ、鶴吉は押し込み先をはじめから知っていたってわけか」

「そうだ。あの三人も利用されたんだ」

「それじゃ、押田の旦那も虚仮《こけ》にされたも同然だ」

いきなり長蔵が立ち上がった。

「よし。押田の旦那に掛け合って来る」

「あっしもいっしょに行ったほうがよければ行きやすぜ」

「いや。俺が説得する」

長蔵はもの凄い形相で言った。

それから、佐助は深川櫓下にある『加納屋』を訪ねた。

佐助が内所に顔を出すと、縁起棚の下の長火鉢の前に、ふくよかな顔の、色白の男が座っていた。亭主の又蔵だ。肩幅が広く、胸板が厚い。

「これは佐平次親分。お珍しいことで」

又蔵が眠たげな目を向けた。

「ちと聞きてえことがあってな」

「はい。なんでございましょうか」

落ち着きはらっているのは、まさか、鶴吉の正体が見破られたとは想像もしていないからだろう。

長火鉢にかかった土瓶から湯気が出ている。

「鶴吉のことだ。おまえさんが松五郎親分に紹介したそうじゃねえか」

「何のことでございましょうか。私にはとんと」

「しらっぱくれなくてもいい。もう、何もかもわかっているんだ」

又蔵は煙草盆《タバコ》を引き寄せた。

「私には何のことかさっぱりわかりかねますがねえ。鶴吉というのは、今大評判の鶴吉親分のことですかえ」

「そうだ。その鶴吉をどこで見つけて来たかってきいているんだ。それと、鶴吉のほんとうの名もな」

平助と次助が控えているので、佐助は強く出た。

又蔵は長煙管《ながギセル》を手にし、

「鶴吉親分のことなら、私にきくのはお門違い。どうか、ご本人におききくださいな」

「まだわからねえのか。鶴吉はどこで見つけて来た女かってきいているんだ」

又蔵の顔が強張《こわば》った。

「鶴吉は女だ。女を男に仕立て、この佐平次と張り合わせようとした。それだけなら可愛げもあるが、わざと押し込みを働かせたとあっちゃ……」

「待ってくれ。な、なんのことかさっぱりわからねえ」

「そうか。あくまでもしらを切る気か。だったら、鶴吉にきこう」

佐助が立ち上がって、又蔵を上から見下ろしながら、

「そうそう。野上屋金三って男はどこにいるんだえ」

「なんのことか……」

「また、しらっぱくれるのか。わかったぜ。これも、鶴吉にきこう。邪魔したな」

又蔵は体を震わせていた。

『加納屋』を出て、一の鳥居を潜り、やがて永代橋に近づいた。

その頃にはもう薄暗くなってきていた。

「佐助。次助。気をつけろ。追ってきやがったぜ」

平助が懐に手をやった。

又蔵を訪ねたあと、こうなると平助は予想していた。平助は懐に二丁十手を忍ばせ、次助はこん棒を持っていた。

やがて、橋の袂の人通りの少ない場所にやって来たとき、複数の足音が重なって聞こえた。

「来やがったな」

平助が立ち止まって振り返った。

佐助は足が竦んだ。

「又蔵の手下か」

平助が鋭い声を放つ。

着流しの男が三人に、浪人がひとり。皆、一癖も二癖もありそうな顔をしているのが、薄闇の中でもわかった。

三人が匕首《あいくち》を構え、浪人は抜刀した。

「久しぶりに暴れられるな」

巨軀《きょく》の次助がこん棒を腕の脇にはさんで、太い指の節々を鳴らして前に出た。

「次助。浪人は俺が相手をする。そっちの三人を頼んだぜ」

「わかったぜ。よし、てめえたちの肋骨《ろっこつ》を折ってやる。かかってきやがれ」

地べたが揺れるかのような大きな声で、次助が怒鳴った。

三人は一瞬臆したように体をのけぞらせたが、すぐに気を取り直して、大柄な男が匕首を構えて次助の懐に飛び込んで来た。

「よし」

次助がこん棒を振ると、風を切り、凄《すさ》まじい音と共に、男の匕首が吹っ飛んだ。

「おう、怪我《けが》をするぜ」

あとのふたりは怖《お》じ気《け》づいた。

平助に目をやる。

浪人は剣を正眼に構えて間合いを詰めていく。平助が足を前後に開き、両手に十手を持って構えた。

斬《き》り合いの間に入るや、浪人は上段から斬りかかった。平助がすばやく相手の懐に飛び込んだ。

相手の剣が振り下ろされたときには、平助の体は浪人の背後に移動していた。

浪人は数歩歩んで、その場に崩れた。すれ違いざま、平助の十手が浪人の脾腹《ひばら》を打ちつけていたのだ。

佐助は次助に目を向けた。

ふたりの男が体を丸めて地べたで呻《うめ》いていた。残った男は匕首を構えたまま、へっぴり腰であとずさった。

「おう。仲間を見捨てて逃げるつもりか。かかってきやがれ」

次助がこん棒を振ると、またも凄まじい音がした。

相手はすっかり萎縮《いしゆく》し、戦意喪失していた。

いきなり、踵《きびす》を返して逃げ出した。

「ちっ。情けない奴め」

次助は吐き捨ててから、足元で呻いているふたりの男のそばに立った。

佐助もそこに近づいた。

「おう。おめえたち、金三って男を知っているな」

次助がひとりの襟首《えりくび》を掴んで立ち上がらせた。

「知らねえ」

「腕の一本をへし折ろうか」

襟首を摑んだまま、次助は男を持ち上げた。三十前後の目の細い男だ。

「おや、おめえは……」

平助が男の顔を見つめ、

「『飯倉屋』の前で、様子を窺っていた男だな」

「そうだ、あんときの男だ。やい、言いやがれ。金三はどこだ?」

次助が返答を迫った。

「苦しい。待ってくれ。ほんとうに知らねえんだ」

「しょうがねえ。どっちだ。折るのは右腕か、左腕か。それとも足か。いくぞ」

「ひぇえ。待ってくれ」

男は悲鳴を上げ、浮かんでいる足をばたつかせた。

「じゃあ、言え」

「親方がどこかに匿っている」

「ほんとうか。嘘をつくと、こうだ」

襟首を摑んだまま、次助は相手を持ち上げた。

「苦しい。ほんとうだ。押し込みのあったあと、旅に出ようとしたら、街道の出口に町方が張り込んでいたので引き上げて来たらしい」

「次助。放してやれ。どうやら、嘘ではないらしい」

平助が声をかけた。

男はよろけながら逃げ出した。いつの間にか、地べたに倒れていた男と浪人者の姿も消えていた。

金三はまだ江戸にいる。それがわかっただけでも前進だった。

「こうなったら、又蔵をとっつかまえよう」

佐助が又蔵のところに引き返そうとした。だが、平助が引き止めた。

「証拠がねえ。あの三人が金三のことを話してくれたらなんとかなるんだが、又蔵にとぼけられたら手出しは出来ねえ」

「しかし、今の手下が又蔵が金三を匿っていると言っていたじゃねえか」

「それだけのことだ。金三とその三人との関係がはっきりしなければ、言い逃れられちまう。たぶん、今頃は鳥越の松のところにひとを走らせているはずだ」

「ちくしょう。どうしても、あの三人に会わなきゃならねえ」

佐助は夜空を仰《あお》いだ。

永代橋を渡った。隅田川には涼み船がたくさん出ていて、提灯《ちょうちん》の明かりがきらめいている。

鎧河岸を通り、葭町から人形町通りに入ると、家の前に三太が待っていた。

佐助の姿を見るや、飛ぶように走って来て、

「親分、たいへんだ。押田の旦那が待っている」

押田敬四郎は、居間であぐらをかいて扇子を使いながら待っていた。風が弱く、ときおり、軒下の釣り忍の風鈴が微かな音色を聞かせるだけだった。

のっぺりとした顔に蛇のような目が鈍く光る押田敬四郎は気難しそうな男だが、どういうわけか、おうめ婆さんと冗談を言い合っていた。

さすが、おうめ婆さんだと苦笑しながら、

「押田の旦那。お待たせしちまいました」

と、佐助は顔を出した。

「おう、佐平次。待っていたぜ」

「親分。じゃあ、あたしはこれで。夕飯は三太さんに頼んでありますから。旦那。また、いらしてくださいな」

おうめ婆さんは如才ない。

「婆さん、また、面白い話を聞かせてくれ」

おうめ婆さんが出て行ったあと、押田敬四郎の顔つきが変わった。

「佐平次。長蔵から聞いた。鶴吉が女だというのは間違いないのか」

「間違いありやせん」

佐助は小染の眼力を信用している。鶴吉が女だと見抜いたのは、女の本能ゆえだ。佐助恋しさのあまりの嫉妬心が小染の勘を働かせたのだ。

小染め、可愛いところがあると、つい顔が綻びそうになり、佐助はあわてて、

「『加納屋』の又蔵が企《たくら》み、鳥越の松を通じて、旦那に世話をしたのですよ」

と、重々しい口調で言った。

「なんのためにだ？」

「佐平次親分を貶めるためですよ」

平助が口をはさんだ。

「又蔵は裏社会の顔役だそうじゃありませんか。長蔵親分の話では、そのために常日頃から、岡っ引きに袖の下を使っているとか」

「うむ」

と、押田敬四郎は深刻そうな顔をした。

「袖の下をとらねえ佐平次が、又蔵にとって目障りだったんですよ。それで、佐平次の追い落としを謀った。その道具にされたのが鶴吉ってわけです。佐平次に負けねえ、美貌の岡っ引きを創り出すためには顔のいい女じゃなければならなかったんです」

ときたま、押田敬四郎は唸《うな》り声を発した。

「佐平次に張り合うために、女を男に仕立てて鶴吉親分を誕生させた。それだけなら、まだ可愛げがありやす。だが、又蔵は鶴吉を佐平次以上の岡っ引きにしようとした。そのためには、手柄を立てなければならねえ」

「鶴吉は、あの押し込みのことを知っていたというわけか」

「又蔵から、いや、実際に動いていたのは金三って男です。鶴吉は金三の指示通り、演じていたんですよ。つまり、押し込みの三人も最初から利用されたってことです」

「ちくしょう」

押田敬四郎は手にしていた扇子を畳に叩きつけた。

「旦那。お願いです。あの三人に会えるようにしてくだせえ」

佐助は頼んだ。

「又蔵を問い詰めれば、女を鶴吉に仕立てたってことは白状するでしょう。しかし、押し込みの件は証拠がねえ。鶴吉とて、女であることを認めても、押し込みの件を知っていたなどと言うとは思えねえ。あの鶴吉だって、相当したたか者だ。あの三人の口から金三の名が出なけりゃ、又蔵を追い詰めることは出来ねえ。このままじゃしらを切られる」

三太に一言礼を言わせてやりたい思いもあり、佐助は一心に頼んだ。

「俺も、鶴吉のことでは妙に思ったことがある。いつも胸高く晒を巻いていて、いっしょに歩いていて俺が立ち小便をしても、奴は……。いや、そんなことはどうでもいい。わかったぜ。俺がなんとかする。ただし」

「わかっていやす。もちろん、手柄は旦那に。ただ、又蔵と金三のことはうちの旦那に花を持たせてやっちゃくれませんかえ」

一瞬、不快そうな顔になったが、すぐさま「いいだろう」と押田敬四郎は答えた。

六

二日後、佐助と三太は押田敬四郎の後ろに従い、数寄屋《すきや》橋御門内にある南町奉行所の長屋門の脇の小門から中に入った。

すぐ左手に仮牢への入口がある。この仮牢は吟味のために小伝馬町の牢屋敷から呼び出された容疑者を一時留めておくところだ。

押し込みの三人は取調べの順番を待つために仮牢に入れられていた。きょうが最後の吟味になるという。

押田敬四郎がどういう手を講じて可能になったのかはわからないが、ともかく佐助と三太のふたりのみが源七という男と会うことになったのだ。

仮牢から、牢屋同心の指示で源七が鞘《さや》と呼ばれる土間の廊下に引き出されてきた。

牢屋同心が押田敬四郎に目顔で合図をした。

「佐平次」

押田敬四郎が声をかけた。

へいと、佐助は源七に近づいた。

源七は小柄な男で、なるほど額が広かった。

「源七だな。俺は長谷川町の佐平次だ」

「佐平次親分……」

「聞いたことがあるな。金三からか」

源七は俯《うつむ》いたままだった。

「おまえたち、三人は騙《だま》されていたんだ。芝大門の『香華堂』に押し入ったとき、どうして町方が張り込んでいたのか、そのわけを考えたことはないのか」

　はっとしたように源七は顔を上げた。

「江戸に来てから、おまえたちは金三の指示に従って押し込みを働いた。そうだな。押し込み先もすべて金三が見つけてきた。七月七日の夜に『香華堂』を襲うことは金三しか知らなかったはずだ。なのに、手がまわった」

　源七が何か言いたそうに口を開いた。

「そうだ。最初から、金三はおまえたちを利用していたんだ」

「な、なんのためだ」

　源七が喉に引っかかったような声を出した。

「鶴吉という岡っ引きを売り出し、佐平次の評判を落とすために、金三が、いやその上にいる『加納屋』の又蔵が仕組んだことだ」

「げっ、又蔵が」

　源七は体をぶるっと震わせた。

「そうだ。そう考えれば、思い当たることがあるはずだ。最初に押し入ったのが大伝馬町、次に伊勢町、そして久松町。ここは皆、佐平次の縄張りだ。そこに、鶴吉が登場して、押し込み事件を解決させる。そういうはかりごとだったのだ。その犠牲にされたのがおまえたちだったのだ」

　後ろ手に縛られたまま、源七は体を折って呻いた。

「金三や又蔵のことを言うんだ」

だが、源七は俯いたまま、体を震わせているだけだった。

「おまえたちの仁義かどうかは知らないが、おまえたちは騙され、利用されたんだ。このままでいいのか」

この期に及んでも、悪党社会の仁義を守ろうとしている。そのことに愕然《がくぜん》とし、佐助は深くため息をついた。

「三太」

佐助は横にいた三太に声をかけ、自分はその場をどいた。

三太が源七の前に跪《ひざまず》いた。

「源七さん。あっしを覚えておりやすか」

その声に、源七がゆっくりと上体をまわすようにしながら顔を上げた。

源七が虚ろな目を三太に向けた。反応はない。

「尾久村の荒れ寺で助けてもらった者です」

源七は眉を寄せた。

「納屋で猿ぐつわをかまされ、柱に縛られていたのを、助けてもらいました。握り飯を食わせてくれ、帰りの駕籠《かご》賃までもらいやした」

源七の唇が微かに動いた。

「あんときの……」

「思い出してくれやしたか。あんとき、助けてもらった三太です。一言、礼が言いたかったんです。もし、源七さんたちが現れなかったら、あっしは死んでいた」

ありがとうございやしたと、三太は何度も頭を下げた。

「そうかえ。あんときの小僧か」

源七の顔が微かに綻んだ。

「あんなうまい握り飯、はじめてでした」

「おめえがあんなところにいたので、びっくりしたぜ。でも、達者でなによりだった」

「あっしは礼を言いたくて、源七さんたちのあとを追ったんです。そしたら、吾妻橋を渡ったところで瓦職人から源七さんたちらしい三人が法恩寺の場所をきいていたと……」

急に源七の形相が変わった。

「佐平次親分」

源七が佐助を呼んだ。

佐助は再び、源七の前にしゃがんだ。

「俺たちは法恩寺前にある『野上屋』の金三に話を持ちかけられたんだ」

「金三のことはどうして知ったんだ」

「沼津の城下で、仕事をしていた頃のことだ。場末のいかがわしい呑み屋で、江戸から来たという金三と偶然に出会ったんだ。江戸で一働きして金を稼ぎてえと話した。それから三月ばかりして、金三から江戸に来ないかという手紙をもらった」

「それで、金三を訪ねたんだな」

「そうだ。金三は押し込み先を調べていてくれた。万が一、失敗しても又蔵や金三の名は出さないというのは暗黙の掟だ。ふたりの名を出せば、他の多くの盗人たちが迷惑を被《こうむ》ることになるからな。だが、最初から俺たちをはめるつもりだったとなると、話は違う」

源七は悔しそうに顔を歪めた。

「よく言ってくれた。これからの吟味で、正直に言うんだ」

「わかった。俺たちだけが獄門首になるのは割りが合わねえ。又蔵と金三も道連れにしてやる」

源七は悪党らしい形相で虚空を睨んだ。

「何か、俺たちに出来ることはないか。江戸に心残りの者でもいたら、言づけぐらいするぜ」

佐助は死を覚悟している源七にきいた。

「いや。何もねえ。俺たち三人はこの世に何のしがらみも持っていねえ。こうなると、気が楽だ」

牢屋同心がやって来て、時間だと言った。

「あっ、そうだ。三太とか言ったな」

仮牢に引き立てられようとしたとき、源七が思い出したように言った。

「おめえが捕まっていたわけと関係があるかどうかわからねえが、あの荒れ寺の本堂の床下にな。侍の死骸《しがい》があったぜ」

　三太はぽかんとした。

　佐助も呆然《ぼうぜん》と仮牢に向かう源七の背中を見送った。

　押田敬四郎がやって来て、

「佐平次。ご苦労だった」

　と、満足そうに言った。

　南町奉行所を出ると、平助と次助が待っていた。

　佐助の顔色を見て、平助は成果がわかったらしい。

　佐助は三太に命じた。

「すぐに井原の旦那のところに知らせてくれ」

　へい、と三太は裾《すそ》をつまんで走り出した。

　深川櫓下の『加納屋』の周辺には井原伊十郎の指示のもとに見張りがついていた。又蔵の逃亡を防ぐためだった。

　佐助はその足で、一石橋のそばにある鶴吉の家に向かった。

　だが、鶴吉はいなかった。留守番の女が出て来て、

「鎌倉河岸にある、『つた家』という店でお待ちしているそうです」

　と、伝えた。

　鶴吉もすでに事が露見したことを察しているはずだ。

鎌倉河岸に急いだ。『つた家』はこぢんまりした料理屋で、佐助が小さな門を入って行くと、すぐに出て来た女将《おかみ》らしき女が奥の座敷ですと、案内に立った。

内庭の見える廊下の途中で、女将が立ち止まり、

「佐平次親分だけに」

と言い、平助と次助を目の前の部屋に通した。

改めて、女将は奥の部屋に連れて行った。

「佐平次親分がお見えです」

そう声をかけ、女将は引き返して行った。

佐助は障子に手をかけ、深呼吸してから開けた。

あっと、佐助は目を見開いた。

薄紅色の単衣《ひとえ》に白い襟を出し、まるで花が咲いたかと思うような艶《あで》やかな女が部屋の隅に座っていた。

「佐平次親分。お待ちしておりました。お鶴と申します」

「鶴吉か……」

佐助はやっと声を出した。

「さあ、どうぞ」

お鶴が座を勧めた。

後ろ手に障子を閉め、佐助はお鶴と対座した。

「驚いたぜ。鶴吉の正体がこれだったとはな」

佐助はお鶴を眩《まぶ》しそうに見た。

「佐平次親分にはいつ見破られるか、びくびくでしたわ」

「いや。まったくわからなかった」

そんなことを考える余裕すらなかったというのがほんとうだ。佐平次を凌《しの》ぐ岡っ引きの登場はそれだけ衝撃的だったのだ。

「ところで、おまえさんは何者なんだえ」

「上州の博徒の娘ですよ。おとっつあんが又蔵の世話になったことがあって、又蔵の頼みを断りきれなかったんです」

「博徒の娘か。それで、柔《やわら》にも手を出していたのか」

「遊び程度ですよ」

「今度の件は、おまえさんはすべて承知していたのか。押し込みが最初から利用されていることも？」

「違います。あたしはただ岡っ引きの鶴吉を演じるように言われただけ。事件が起これば、手下についた仙助《せんすけ》がすべて対処するということだったんです」

「そうか。仙助が鶴吉を操っていたのか。仙助も又蔵の手のものか」

「はい。私が親分に話した、『香華堂』押し込みの推理も、仙助が私に話してくれたこと。なんと鋭いひとだろうと仙助のことを思っていましたが、まさか、裏にあんなからくりがあったとは」

押田敬四郎か長蔵から聞いたのだろう。

「でも、楽しかったわ」

お鶴が目を輝かせた。

「だって、佐平次親分といっしょの空気を吸っていたんだもの」

「こっちは、それどころではなかった」

「ごめんなさい。いつか、正直に話そうと思っていたんです。だって、男のままで、親分と会うのがだんだん辛《つら》くなってきて」

お鶴が色っぽい目を向けた。

小染の顔が蘇り、佐助は困惑した。

「ねえ、親分」

「なんだ」

「親分と小染さんはどんな仲なんです？」

小染のことを思い出していたので、佐助は驚いた。

「何を言うんだ」

「隠してもだめ。小染さん、親分に夢中なんでしょう。親分は？」

「俺は……」

佐助は言い澱《よど》んだ。

「いいのよ。小染さんは小染さん。私は私ですもの」

「なに？」

「小染さんに負けないわ」

「おい、何を言うのだ。それより、鶴吉はどうするのだ」

「押田の旦那が言っていましたけど、鶴吉は佐平次親分の手柄を横取りしたってことにするそうよ。読売にそう書かせるって。それで、鶴吉は雲隠れ」

廊下に足音がした。

「親分。だいじょうぶですかえ」

いきなり、障子が開き、平助と次助が現れた。

あっと、ふたりから同時に声が漏れた。

七

蟬《せみ》の声が喧しい。

強い陽射しがもろに顔に当たる。小塚原から道を逸れて、陽射しを避ける場所もない田《たん》圃《ぼ》の道を尾久村までやって来た。

荒れ寺が見えると、三太が走り出し、次助も追った。

佐助と平助が朽ちた山門を入ると、三太と次助が本堂の前に立っていた。

「どうした?」

佐助は訝《いぶか》しんできいた。

「親分を待っていた」

青ざめた顔で、三太は答えた。次助もばつの悪そうな顔をしていた。

どうやら、気味が悪くて、中に入れなかったらしい。

「三太、提灯に火を入れろ」

佐助は三太に言い、平助の顔を見た。

三太から提灯を受け取って、平助が先に梯子段を上り、本堂の壊れた戸を開けて中に入った。

提灯の明かりが中を映し出す。中はがらんどうだ。腐って剝がれた羽目板の隙間《すきま》から外の明かりが入り込んでいる。

平助は奥の隅に向かった。床板が少し浮いている。

「次助。こいつをどかしてくれ」

「よし」

次助がすぐにそこの床板を剝がした。

屈《かが》み込み、平助が提灯の明かりで床下を照らす。佐助は緊張して平助の動きを見守る。

やがて、床下を覗き込んでいた平助が顔を上げた。

「あったぜ。それも二つだ」

「ふたり？」

「ひとりは侍だ。もうひとりは町人の恰好《かっこう》だが」

死体はだいぶ腐っているという。佐助は胸の辺りがむかむかしてきた。

「ここは代官支配地だ。まず、村役人に知らせよう」

村役人は侍ではない。農民の中で、名主、組頭、百姓代がこれに当たる。

村役人には、押し込みの三人組のひとり、源七の漏らした言葉から念のために調べて死骸を発見したと話すつもりだった。

江戸周囲の代官は馬喰町の御用屋敷にいる。代官には村役人から連絡が行くだろう。

一刻（二時間）後に、村役人の指揮のもとに、村の若い者たちの手で、死体が庭に運び出された。

「こいつは」

町人の姿の死体をつくづく見ていた、三太が叫んだ。

「半三郎だ」

「そうか、半三郎か」

平助が見当がついていたように言い、

「親分。もうひとりの侍は、富坂惣右衛門ですね」

「そうだ。そのとおりだ」

平助の言葉に驚いたが、佐助は平然を装って言った。

「佐平次親分。どういうことなんですかえ」

言い澱んだが、ふとひと月以上前にこの荒れ寺に数人の侍がやって来たという百姓の証言を思い出し、

「それは」

「富坂惣右衛門はここに誘《おび》き出されて殺されたんだ」

「三太。親分の言うとおりだ」

平助がすぐに佐助の言葉を引き取った。

「おそらく、駆け落ちした奥方と半三郎が隠れているという知らせを真に受け、ここまでやって来たところを殺されたのだろう」

「誰が殺したって言うんですか」

「わからねえ。だが、殿さんが死んでいるのに富坂家じゃ何の問題も起きていない。おそらく、今屋敷にいるのは偽者だろう。妾《めかけ》という女は偽者の妻かもしれない。奉公人をすべて替えたのも、そのためだ。ほんものの殿さんの顔を知っている者を追い払ったってわけだ」

「じゃあ、用人の榊原勘兵衛が……」

「いや。奴の仕業とは思えねえ。だが、奴は事情を知っている」

「そうだ。平助の言うとおりだ。用人から話を聞く必要があるな。それまで、この死骸の

身元は内緒だ」

「でも、なぜ、そんな真似《まね》を」

次助が疑問を口にした。

「富坂惣右衛門は相当な不行跡だったらしい。そのあたりに何かありそうだ」

死骸に目をやりながら、平助が言った。

用人の榊原勘兵衛に会ったのは、その翌日だった。

尾久村で、武士の死体が見つかったことを話すと、榊原勘兵衛は神楽坂にある料理屋の離れ座敷で、佐助たちに会うことを承知したのだ。

しばらく瞑想《めいそう》するように目を閉じていた榊原勘兵衛は静かに目を開けて、

「殿の不行跡は目に余るものがあった。吉原の遊女に入れ揚げたり、出入りの商人のつけをはらわず、女中を手込めにしたりと、数え上げたら切りがない。そのため、お役も取り上げられ小普請組入りとなった」

勘兵衛は肩を落とした。

「親戚筋からの意見も聞く耳をもたなかった。このままでは、さらに甲府勝手を言い渡されるかもしれないと、親戚筋では心配し、いよいよ最後の手段にでなければと真剣に考え出した矢先に、奥方が殿に愛想をつかし、若党の半三郎と駆け落ちしたのだ」

甲府勤番は旗本にとってのうば捨て山だ。二度と江戸に戻ることは出来ない。

「最後の手段というのは殿さんを抹殺することですね。つまり、殿さんを、奥方の隠れ家が見つかったと騙し、尾久村に誘き出し殺した」

「そうだ。私はそんな謀《はかりごと》があったとは知らず、あとから殿が死んだと聞かされた。佐平次に捜索を頼んだあとだ」

「じゃあ、あのときはほんとうにおふたりを探していたのですね」

「そうだ。じつは、半三郎は屋敷を逃げるとき、殿の不行跡の証拠となるものを持ち出していたのだ。それは、さる商家から騙し盗《と》った伽羅《きやら》の香木だ。その香木が、商家の主人に渡ったら、殿が盗んだことが暴かれてしまう。なんとしてでも、それだけは取り返したかった。ところが、半三郎はこともあろうに、殿を威《おど》しにかかったのだ」

「威しに?」

「駆け落ち後、しばらくして、半三郎から手紙が届き、香木を返す代わりに、奥方を離縁し、半三郎の罪を問わない。さらに、これからの生活費を百両出せと。しかし」

と、勘兵衛が息を継いで続けた。

「そのとき、すでに殿は殺されていた。そこで、親戚のお方にそのことをお知らせした」

「なるほど。その条件を呑むということで、半三郎を騙したというわけか」

「三太どのが現れたのは予想外のことだったようだ。あの雨の中、奥方は親戚のお方の屋敷に、半三郎は三太どのといっしょに船で尾久村まで連れて行ったのだ」

「奥方はご無事なのか」

佐助がきいた。

「無事だ。佐平次どの。どうか、この件は……」

勘兵衛は低頭した。

「あっしらはお武家さんのことをどうのこうのは出来ません。あっしらには関係ねえことです」

佐助は言う。

用人榊原勘兵衛は最後まで親戚の名前を口にしなかったが、その名はすでにわかっている。

又蔵と金三は伊十郎の手によって捕まり、岡っ引きの鶴吉の化けの皮が読売によって剥がされ、鶴吉の人気は泡のごとくに消えた。

鳥越の松は騙されて、又蔵の陰謀に加担させられただけということでお咎《とが》めを免《まぬが》れた。同じ理由で、鶴吉も利用されただけということになった。

その日の夕方、佐助が人形町通りを帰って来ると、家の前に女が待っていた。通りがかりの者が立ち止まって振り返っている。

お鶴だ、と佐助はなぜかどぎまぎした。お鶴が来たという噂が小染の耳に入らないわけはない。

「親分」

お鶴が佐助を見つけて駆け寄って来た。

「お待ちしておりました。一言御礼をと思いまして」

「ひと目がある。家に入ろう」

あわてて佐助は言うが、間の悪いことはあるもので、格子戸を開けようとしたとき、向こうから小染がやって来るのが目に飛び込んだ。

まずいなと、佐助はこの場をどう取り繕《つくろ》うか必死に考えた。

小染が近寄って来た。

「まあ、佐平次親分。お久しぶり」

お久しぶりって、この前、会ったばかりじゃないかと、つい口にでかかった。

「小染姐《ねえ》さん。私、お鶴です。きょうは佐平次親分を夕涼みにお誘いに来ました」

お鶴がすまして言う。

小染は勝気そうな顔で、

「あら、おあいにくさま。今夜は私のほうが先約なのよ。佐平次親分と船に乗る予定」

「小染姐さんはお座敷がおありでは？」

お鶴も負けていない。

火花が飛び散ったのを見て、佐助は家に入り、それから裏口から抜け出た。

三太が追って来た。

「親分。明神下の『さわ』に行きやせんか」

「うむ。そうしよう」

お鶴はどういうつもりなのだと、佐助は頭が痛くなった。やっかいな問題を抱えたと、覚えずため息をつくと、蜩《ひぐらし》がいっせいに鳴き出した。

佐助といっしょにいるのが楽しいのか、これから行く『さわ』の娘おすえに会うのがうれしいのか、三太が鼻唄《はなうた》交じりに歩いていた。

本書は書き下ろし作品です。

時代小説文庫
こ 6-10

佐平次落《さへいじお》とし 三人佐平次捕物帳《さんにんさへいじとりものちょう》

著者 小杉健治《こすぎけんじ》

2008年6月18日第一刷発行

発行者 大杉明彦

発行所 株式会社 角川春樹事務所
〒101-0051 東京都千代田区神田神保町3-27 二葉第1ビル

電話 03(3263)5247[編集] 03(3263)5881[営業]

印刷・製本 中央精版印刷株式会社

フォーマット・デザイン＆シンボルマーク 芦澤泰偉

ISBN978-4-7584-3347-1 C0193

http://www.kadokawaharuki.co.jp/[営業]
fanmail@kadokawaharuki.co.jp[編集] ご意見・ご感想をお寄せください。

時代小説文庫

小杉健治

神隠し

三人佐平次捕物帳

書き下ろし

神隠しにあった傘問屋「田丸屋」の娘が半年ぶりに戻ってきた。佐平次たちが、その娘おつるに話を聞くが、自身が行方不明になっていたことが全くわからないという。一方、さざ波の権兵衛という盗人が、「加賀屋」という紙問屋に狙いをつけ、計画を練っていた。権兵衛の妾である、おせんの母親お節は、昔、「加賀屋」に奉公していたのだが、当主と契りを結んだのを大旦那に見つかり、やめさせられたという過去があった。権兵衛にとってはおせん、お節の復讐の為でもあったのだ……。大好評シリーズ第七弾！

小杉健治

怨霊

三人佐平次捕物帳

書き下ろし

紙問屋の若旦那・与之助は吉原の花魁・綾菊と情を通じあい、違う場所で同じ日の同じ時刻に心中することを決意した。実行前に父親にとめられた与之助に対し、綾菊は約束を守り自害して果てた。やがて与之助の前に綾菊の亡霊が現れ、その悩みを佐平次たちに打ちあけるのだが……。数日後、与之助は綾菊の短刀で自分の喉をついて死んでいる姿で発見される。佐平次たちは悩みながらも真相をつきとめるべく探索をするのだったが……。書き下ろしで贈る、大好評のシリーズ第八弾！

時代小説文庫

小杉健治

美女競べ
三人佐平次捕物帳

書き下ろし

絶好の花見日和の中、同心の井原伊十郎から呼び出された佐平次たち。美女競べを催す蔵前の札差問屋のもとへ、一等をとった娘を殺すという脅迫状が届けられたのだという。以前、美人局で女装していた佐助に犯人をつきとめるために、この美女競べに囮として参加せよという命令だった。とまどう佐助だったが、次助の決断により、美女競べに参加することになる。女装した佐助の美しさに息をのむ人々。これで一等は間違いないはずだったのだが……好評書き下ろしシリーズ第九弾！

伊藤致雄

吉宗の偽書

兵庫と伊織の捕物帖

書き下ろし

目付・天童兵庫は、将軍徳川吉宗の密命を受けた。紀州家の当主の相次ぐ死は、吉宗の陰謀であるという証拠の留め書きを尾州様が握ったのだという。留め書きは果たして本物なのか、偽書なのか。一方、南町奉行所・定町廻り同心の本山伊織は、辻斬りの知らせをうけて探索に乗り出した。かつて同じ道場で「龍虎」と称された天童兵庫と本山伊織は、お互いの探索をするなかでやがて陰謀の奥にあるものの存在に気づくのだが……。気鋭が書き下ろした傑作捕物帖、ここに登場！

伊藤致雄

蜻蛉《とんぼ》切り

兵庫と伊織の捕物帖

書き下ろし

御法度である闇金融を営む金蔵寺の竜浄のもとへ、卍家の主人と名乗る男があらわれた。運慶の掘り出し物がでたので五百両都合して欲しいとのこと。大身旗本の本多盛勝の紹介状をもっていたため、信用した竜浄は金子を用立てた。だがそれは詐欺だったのだ。その後も「卍組」と命名された二人組は、神出鬼没に暗躍するが、狙われた対象が嫌われ者の庄屋や武家だったため、町人から喝采を受け続けていた。一方、将軍吉宗は天童兵庫の隠し事に興味を抱いていた。あの謎の姫は一体誰なのか……？

時代小説文庫

今井絵美子
鷺の墓
書き下ろし

藩主の腹違いの弟・松之助警護の任についた保坂市之進は、周囲の見せる困惑と好奇の色に苛立っていた。保坂家にまつわる因縁めいた何かを感じた市之進だったが……(「鷺の墓」)。瀬戸内の一藩を舞台に繰り広げられる人間模様を描き上げる連作時代小説。「一編ずつ丹精を凝らした花のような作品は、香り高いリリシズムに溢れ、登場人物の日常の言動が、哲学的なリアリティとなって心の重要な要素のように読者の胸に嵌め込まれてくる」と森村誠一氏絶賛の書き下ろし時代小説、ここに誕生！

今井絵美子
雀のお宿
書き下ろし

山の侘び寺で穏やかな生活を送っている白雀尼にはかつて、真島隼人という慕い人がいた。が、隼人の二年余りの江戸遊学が二人の運命を狂わせる……。心に秘やかな思いを抱えて生きる女性の意地と優しさ、人生の深淵を描く表題作ほか、武家社会に生きる人間のやるせなさ、愛しさが静かに強く胸を打つ全五篇。前作『鷺の墓』で「時代小説の超新星の登場」であると森村誠一氏に絶賛された著者による傑作時代小説シリーズ、第二弾。

(解説・結城信孝)

時代小説文庫

山本周五郎

日日平安

青春時代小説

文庫オリジナル

お家騒動に遭遇したのを幸いに、知恵を絞り尽くして食と職にありつこうとする主人公の悲哀を軽妙に描き、映画「椿三十郎」の原作にもなった「日日平安」をはじめ、男勝りの江戸のキャリアウーマンが登場する「しゅるしゅる」、若いふたりの不器用な恋が美しい「鶴は帰りぬ」など、若者たちを主人公に据えた時代小説全六篇を収録。山本周五郎ならではの品のいいユーモアに溢れ、誇り高い日本人の姿が浮かびあがるオリジナル名作短篇集。

（編／解説・竹添敦子）

山本周五郎

おたふく物語

文庫オリジナル

町人たちの暮らしの姿、現実を生きてゆく切なさに焦点を絞り、すぐれた「下町もの」を数多く遺した山本周五郎。本書は、自分たちを〝おたふく〟と決めこんでいる明るく元気のいい姉妹をいきいきと描いた「おたふく物語」三部作（「妹の縁談」「湯治」「おたふく」）をはじめ、身分の垣根を越えた人間の交流を情愛たっぷりに綴った「凍てのあと」、女性の妖しさと哀しさを濃密に綴った「おさん」の全五篇を収載。江戸に暮らす女性たちの姿を見事に切り取った名作短篇集。文庫オリジナル。

（編／解説・竹添敦子）